唐之殷

（水煙）

宋代進士，卻因官職不得己意而上吊自盡。
死後成爲陰間五等陰官，人緣極好。
曾於死前發誓要拋去所有道德的枷鎖，一輩子活得自在快意，
卻還是屢屢違背自己的誓言。
是個外表放蕩不羈，內心深處卻仍嚴守禮法的傢伙。

雲娘

千年修煉的花妖，眞身是豬籠草，屬於戰鬥型的植物妖。
雖有戰鬥能力，但其性格溫婉，
遊蕩人間千年的過程中深深喜愛上人類的兒童，母愛非常氾濫，
只會爲了其寶愛的種族「人類」戰鬥。

三日月

三日月

輕世代
FW064
歲時卷之
繁花綻放時
上
逢時 著
Sawana 繪

歲時卷之 繁花綻放時

上

楔子

水煙抬頭仰望著一輪皎潔的明月，月明如水，他的心裡卻有一種濃厚的悲傷。

他不是一事無成，他是當今進士，他背負著宗族的期望，他從秀才、舉人一路掙扎上來，終於站在天子的面前，終於觸碰到那個能夠一展抱負的機會，但他卻得了一個將仕郎的官位。

將仕郎，為文官最低一階，還被遠派西南，整個帝國版圖中最偏遠的一塊，他得與蠻子們一起過完他這一輩子。

運氣好的話，或許，還能娶個蠻族姑娘，如果他們不介意新郎六十歲了。

好諷刺，非常諷刺。

水煙終於走到了他一生中魂牽夢縈的地方，但回頭一看，卻忽然不知道這是不是自己要的，一切宛如前塵往事一般那樣遙遠，他終於能從故紙堆中抬起頭來，卻不知道自己過了什麼樣的人生。

他吶喊著，我六十歲了啊，人生都走到盡頭了啊！

水煙拿著酒壺灌了自己一口，遙望皇帝宴請百官的方向，燈火通明，隱隱約約的樂聲從那裡飄盪過來，夾雜在風中，像是一場笑話。

他知道皇帝沒有錯，皇帝不會錯，皇帝是天子，是上天的旨意，是一國的依歸，他這輩子念的書都告訴自己，皇帝不會錯。

水煙想著，他畢竟老了，老得不能動彈了，他六十歲了，他沒有能力去邊疆率領將士、他沒有能力治理繁榮的都城、他只能在漫布著瘴氣的西南度過餘生……

水煙想說服自己，卻不知道連自己都說服不了，他還能說服誰。

他縱聲笑著，又喝了一口酒，酒水從嘴角邊溢出，躺在馬廄的地上，四周空蕩蕩的，鋪著石板的地板有著動物的騷味，還有一些不明的水痕。

水煙自嘲的笑，他這輩子都沒有這樣躺在地板上過，不過不止這件事情，他這輩子很多事情都沒做過，沒有跟打小長大的姑娘成親、沒有親手抱著自己的兒子、沒有……

他這一生，空蕩蕩的，像是一片蒼白的牆。

他乾乾的笑了起來，流出了淚。

淚從眼角滲到地面上，他縱聲大笑，又掩面哭泣，忽然覺得生無可望。

他大口地灌進酒水，嗆得不斷咳嗽，他不想要這樣的人生了，他想要重新來過，但他六十歲了，當他一眨眼，坐著大轎子入京之後，他才頓覺他以為的起點，也是他的終點。

他坐了起來，馬廄裡的馬噴著鼻息靠近，他酩酊大醉，這小傢伙卻低頭舔舐著他的手指。

「你也喜歡這酒水嗎？行，給你。」水煙低低笑著，左手拿高了手上的酒瓶讓馬兒嗅聞，右手輕輕梳弄著牠垂下的鬃毛，他抓了幾下這些乾燥的鬃毛，手心裡忽然多了個硬殼子。

水煙低頭一看，是植物的種子，他左翻又看，想隨手一扔，心裡又一動，他醉得幾乎站不起身，踉蹌地只勉強走了幾步，當手指一攀上了花圃邊的泥土地上，他又倒了下來。

他只能倒在花圃邊，隨手挖了一個淺淺的泥洞，把這黝黑的硬殼種子深深埋了進去，就埋在他倒下的腦袋旁邊，他轉頭，對著被他弄得一塌糊塗的泥地說話，「替我記得一件事情可好？」

他敲敲腦袋，笑得有點不知所措，「你知道嗎？我這輩子都為別人而活，我從來沒為自己活過一天，但我不想要繼續這樣了，這樣的人生，我不想要了。」

他搖搖頭，眼淚從眼眶邊滑落，他趕緊抹去，泥土沾上了臉頰，一臉的髒汙，但他不在意了，再也不打緊了。

「小花兒，你應該會開花吧？你替我記得，我永遠都不要再違背自己的本心了。永永遠遠，不管是為了誰，我只想做我自己——唐水煙。」

「唐水煙是我替自己取的新名字，我把我原本的名字給你，我叫唐之殷。這名字給你，我不要了。你替我藏起來，永永遠遠別讓我知道了。」

「來找我，來找我吧，提醒我有多麼痛苦、提醒我這一輩子有多愚蠢，別再讓我重蹈覆轍了，我不想也不願，我想要一切重新來過……」

他大笑又悲泣，為了自己的荒誕，舉起了幾乎空了的酒壺，往耳邊一淋，他的眼眶跟泥地都一片溼濘，酒水滲入泥土，直達種子邊，溼潤了黑色的外殼。

他接著往馬槽走去，拽下自己的腰帶，往上一扔，回頭最後望一眼燈火通明的宮殿，嘴裡喃喃自語。

「恕臣無法前往西南，臣願以死辭謝。」

接著他腳用力一蹬，窒息的痛苦便從喉頭衝上腦袋，失去了知覺，逐漸遺忘了大醉時所有的事情——

在他失去知覺之後，那顆黑色的小種子，微微露出了芽，涼風吹過，他懸掛在屋梁下的雙腳隨著風輕輕搖晃，屋梁發出嘎咿嘎咿的聲音；那月牙色的嫩芽也在泥土裡，輕輕顫抖。

他垂在腿邊的右手腕，印上了一個月牙般的淺淺印記——

在之後的日子裡，一直一直伴隨著他，彷佛有什麼話想說，雖然他從來不知道它因何而來。

但他知道這是一個約定，一個他不想去追尋的約定。

第一章　新生

在一片死寂的冰冷宮殿裡，離正殿很遙遠的馬廄，一個女人緩緩抬起頭來，看著天上的月色，一朵雲絮，輕輕巧巧的飄了過去。

她的眼前，一株綠色的小芽，才剛剛從不適合生長的泥土中，費盡心力的萌芽，迎風微微抖動著。

撫摸著細小的綠色絨毛，女人的唇瓣綻放了溫婉的笑容，又隨即落下淚來──你把我從種子中喚醒了，那現在你又在哪呢？

從酒與淚當中萌發了意識，跳過了漫長的修煉歲月，但是一出生就承擔了另一個人的悲傷與苦痛，這是好、還是不好？

植物妖本冷情，需要在千百年的成長歲月中慢慢萌發靈智，她的本株生命短暫，她本來應該過著無識無感的一生，然後把種子散播出去，繼續延續生命的廣度，但是……

那個人把自己的悲傷跟苦痛通通都交給自己，過於強烈的情感，強迫了自己在一夜之後萌芽，並且用契約束縛了自己，讓自己成了花魂，她抬起手，觸摸著胸口的淺色印記，月牙般的痕跡淺淺的刻在胸口。

去找你嗎？我回應了你，就得遵循誓言而行，但你又在哪裡呢？

女人抬起頭，看著漫天的雲朵，環繞在圓月的旁邊，被風吹著輕輕地飄動，那樣的不由自主，就跟自己一樣。

那她想尋找的人，是不是跟這圓月一樣，近在眼前，卻遠在天邊呢?被風吹著跑，就像自己的宿命，見不到與自己訂下契約的自己，卻已經再也回不去了。

那麼，自個兒的名字就叫做雲娘吧……

你在哪裡呢?與我締結契約的你。殘忍的強迫我離開本株，萌發了意識，讓我在朦朧的神識之間就簽訂了契約，現在我醒來了，以人身的姿態甦醒，你卻不見蹤影。

裸身的雲娘就蹲在花圃邊上一整個夜晚，露水沾溼了她的髮，傻裡傻氣地煩惱，直至天即將亮起時，她終於站起身來，一旁小小的芽株立刻歡欣的抖動著，她側著頸子沉思，輕輕吹一口氣，小芽抽長，長成了綠色的葉片，底下掛著一個翠綠的葉籠。

成了!

雲娘小心翼翼的挖開土，把真身從土壤帶走。她腳步輕盈，一頭黑色的秀髮，從頭頂蜿蜒而下，覆蓋在雪白的身軀上，赤足踩在宮殿的石階。

她的臉孔秀麗，容貌端莊，只有唇瓣邊的豔色，緩緩漾開，顯示她非人的一面。

她赤裸著雙足，一步一步嘗試的往外走，這是一株新生的花魂，還未明瞭人事，卻已經得人身，連行走都要重頭學起。

如果有人在旁看見了，必定深深的歎一口氣，她的未來，將是千憂百慮。花魂怎麼能在一夜成長，植株的天性冷淡卻溫柔，人間對她來說，太過混濁。

但雲娘不明所以，她身懷著必定要尋找到那人的決心，手捧著綠色的小苗，隱在晨色的濃霧當中，朝向宮殿的大門前進。

這裡沒有他的氣息，所以不想留在這裡。

從這一天起，孤單的花魂，將一個人在人間漫遊百年。

新生的嬰孩，一個人躺在小竹床當中，牆邊掛著弓箭與動物的皮毛，簡陋的房間卻收拾得乾乾淨淨，嬰孩咿咿呀呀的揮舞著小手，兀自咯咯咯的笑著，引起了房間外的婦人注意。

婦人放下了手邊的針線，趕緊走了進來，四處看看，嬰孩的小手又抓又揮，彷彿有人正在陪他玩著遊戲，婦人抱起了嬰孩，一下一下的哄著。

「小寶這麼愛笑，看來床母必定會保庇我們家小寶……」她嘴裡喃喃念著，又拉攏了一下嬰孩身上的衣物。

床母是民間傳說，據說能保護嬰兒與孩童，安穩入睡、安生長大，不受妖魔鬼怪的侵襲，偶爾會出現在嬰孩的床鋪邊，逗弄著她喜愛的幼兒。

如果嬰孩能夠笑嘻嘻的回應，就必定能得到床母一生的庇佑。

雲娘正隱去了身形，站在床邊，也對著嬰孩笑，不過內心仍然又失望了一次，這也不是他……她遍尋人間無數新生孩童，從京城一路走到山裡獵戶的家，因為懵懂無知，她畏懼人間，乾脆隱去身形，從不與人交談，漫長的歲月裡只有孤獨與寂寞，只有尋找那人的信念堅持著自己。

但她慢慢地失望，幾百年過去了，自己從未忘記那人的氣息，但胸前月牙般的印記卻不曾有過反應，那人彷彿不在世上，自己百年追尋，徒勞無功。

她只能對著嬰孩揮揮手，慢慢遠去。一片綠色的葉子，悄悄落下。

嬰孩開始大哭了起來，手朝向遠處不停的抓著。他不要好姐姐走掉，他要好姐姐陪他玩，嗚嗚嗚，他哭得自己的親娘好不心疼。

「怎麼了？剛剛才笑得那麼開心，現在又哭成了皺包子！」婦人拿出搖鈴鼓，盡心盡力的哄騙著。

嬰孩哭得聲嘶力竭，雲娘卻依舊遠去，經過幾百年了，她的心願一點一滴地枯萎。

她穿著當時朝代的衣裳跟裙子，一身綠色的衣裳粉嫩，踩著繡花鞋，繞過了大街小巷，卻仍然無人看得見她。

雲娘只是一抹花魂，從人世誕生，卻不在市井當中。

她拖曳著裙襬，穿梭過無數的嬰孩面前，體會旺盛的生命力；但也曾經站在殺戮的戰場邊，看著死去的冰冷臉孔，了解死亡是怎麼一回事。

但是那人卻不在任何一個地方。

雲娘離開了嬰孩的家裡，漫步在山林之間，不知不覺，幾個日夜之後，她又站在皇城之下，當初兩人締結契約的地方，她頓時氣惱，惱自己為何不肯放棄，她轉頭就走，卻茫然不知要前往何處。

她隨便撿個方向，一個人駐足在大街上，停在一個破舊的店鋪前面，店主人正在搬遷，將店內的物品如數搬到外頭，這家的糕餅開了三代，雲娘認得現在的店主人，跟他的爺爺簡直一模一樣。

但雲娘從沒吃過這家的糕餅，不知道滋味如何。

她站在一旁，如同過去百年一樣，靜靜聽著人們的交談。

哦！原來店主人要回鄉了，不在這京城內了，店主人要回老家，據說那個地方得策馬數十個日夜，跨越大江小洋，方能抵達。

聽至此，雲娘忽然醒悟——天下之大，又哪是她一個花魂可以踏遍的？

她傻愣愣的站著，站了兩天，反正她只是一抹花魂，不渴不餓，最後她想通了，心底想見那人的騷動忽然一片靜寂。

她摸摸胸口的印記，如果那人想見她，終有一天會來到自己的面前，如果那人不想見自己，那自己百般追尋也是無用。

也許她可以這麼做——

她逐漸現形，一個大姑娘的樣子，站在人家店門口前，望著招牌，一臉渴望。

「姑娘，您做啥？」事隔兩日，店主人也收拾得差不多了，他今日來，是為了要把店鋪賣給前幾天談好的大爺，解決了最後一樁心事，他就要啟程返鄉了。

但沒想到，大爺還沒來，倒是突然出現一臉眼巴巴看著他的店鋪的姑娘。

雲娘深深吸一口氣，她聽得懂人類的語言，她其實也會說，只是從來不曾跟人交談過……

「我想要這間店鋪。」她還學不會委婉的說詞，只會淺白的表達她內心的想法。「賣、是賣吧？賣給我。」

店主人驚詫的看了她一眼，一個黃花大閨女，身上有足夠的銀兩嗎？

「妳知道這間店鋪值多少嗎？」

店主人倒是沒有破口大罵，只是詫異地問了一句。

雲娘側著頭，沉思的姿態沉靜，開始有路人圍觀在一旁了，好半晌，她終於開口，慢條斯理的說了一句，「這些夠嗎？」

她掏出袖中的黃金，一錠又一錠，在眾人的眼前，彷彿她的懷中有個聚寶盆，能夠永無止境的掏出黃金來！

大家簡直看傻了眼，開始嚷嚷著，「姑娘姑娘！我那邊還有更好的店鋪，別買這間，這間舊了！會垮的會垮啊！」

店主人這下急了，這麼多的黃金，他在京城做了幾十年的生意，都沒有看過這個數目，「姑娘，夠夠夠！我們裡邊談，不要被外邊這些傢伙打攪了！」

雲娘點點頭，彷彿沒有聽到眾人的話，跟著店主人往店鋪內走，徒留下外邊一聲高過一聲的惋惜！

哎呀！早知道今日這裡會有個要散財的傻子，還會把機會拱手讓人嗎？那個姑娘拿出來的黃金，足夠買下整條街道的店面了！

眾人慢慢散去，幾個隔鄰的店主人，內心捶胸頓足，徒呼負負！

雲娘跟店主人進來之後，店主人立刻拿出了店契，他急得臉上都出了汗珠，掛在鼻尖搖搖欲墜，「姑娘，妳在這裡蓋個手印，把剛剛那些黃金給我，這間店就是妳的了！」

「這麼簡單？」雲娘好疑惑，這是她第一次買東西。雲娘端起店契，每個字拆開她都認識，卻不知道組合起來是什麼意思，百年了，她認得人們口中的字了，卻不曾親自翻過任何一本書。

「對對對！不誆妳，咱們銀貨兩訖。」店主人拚命點頭，就是這麼簡單，他趁著雲娘不注意，偷偷摸走了桌面一錠黃金，放入嘴裡一咬，啊！疼得連牙都要掉了！

這些黃金全都是真的！店主人欣喜若狂，又更加賣力的鼓吹雲娘，快些蓋下手印，就能買下他的店鋪了！

雲娘哦了一聲，傻乎乎的伸出手，白紙黑字的蓋下自己的手印。店主人三兩下，把桌面的黃金通通掃進懷裡，喜孜孜把店契往雲娘懷裡一塞。

「現在這間店鋪是姑娘的了！」

他不管不顧，雖然內心有點好奇，這位姑娘買下這間店鋪的用意是什麼？但是懷中揣著這麼多的黃金，讓他的心情激動不已，實在沒餘力管別人了。

「那些……真的可以嗎？」雲娘有點遲疑，她不想佔人家便宜。

店主人看著雲娘指著他懷中的黃金，立刻毫不遲疑的大力點頭，雖然心裡暗想，這傢伙別是個傻的吧？他還是斬釘截鐵的回答雲娘，「行！絕對行！先說好，咱們銀貨兩訖，絕不能退貨啊！」

他深怕雲娘又反悔，誰能猜到傻子下一秒的想法？

趕緊拉開大門，大搖大擺的走出去，對著那些仍然守在門口的左鄰右舍，咧開嘴巴笑得一副小人得志樣，聽見大家的噓聲，又趕緊一溜煙的回家了！

雲娘看著店主人跑得飛快，發現外邊的人，正張大了眼睛，全都好奇地看著她，雲娘立刻關上了大門，緩緩坐回椅子上，掩嘴輕輕笑了。

「有點好玩啊……原來買東西這麼簡單！」

她第一次參與人間，無邊無際籠罩在自己身上的孤寂似乎消散了一些，她遊蕩了數百年，也曾經遇見過一些妖族的同類，但是妖族們地域性強，各自為政，不相往來，雲娘心裡畏懼，也不能主動開口攀談。

今日，她竟然與凡人交談了。

彷彿離那個人更近了一些——

雲娘掩著嘴笑，不敢置信。

她好寂寞，寂寞了數百年，一直覺得心裡空落落的。她輕輕起身，從門縫窺看著外頭熱鬧的市集，她的心隱隱約約的騷動，她想，她知道怎麼打發日子了。

接下來的日子，雲娘慢慢的向外探索，人類這個種族的差異性讓她幾乎瞠目結舌，她雖然漫遊人間數百年，卻不知道人心的差距如此巨大，甚至就算同一個人身上，也能夠有不同的善與惡。

她吃過些虧，畢竟她花了大把銀子買下這間店鋪的事情搞得人盡皆知，她的店鋪遭劫了幾次，甚至她也被拽到暗夜裡的牆角數次，她起先畏懼，不知道怎麼應對，只能悄悄隱了身形，不動聲色的走過盜賊的面前。

但卻陰錯陽差嚇壞了這些盜賊，紛紛喊她妖人，連平日都要繞著雲娘的店鋪走。

不過這些盜賊知道雲娘不是普通人，卻又不敢大聲嚷嚷，畢竟是自己想打劫在先，要是被人揪出來，恐怕連解釋都解釋不清。

最後盜賊們暗地裡口耳相傳，都知道東邊大街上的這間鋪子不能碰，是塊會硌牙的鐵板子，連梁上君子都避開了雲娘的鋪子。

這些雲娘都不知道，她雖然不能理解那些盜賊的想法，但那些透出骨子的惡意，她還是能夠感受到的。

也因此她害怕了一些時日，足不出戶。

她不知道自己決定當一個凡人的決定是對是錯，她對世間的事情了解得太少，她不知道怎麼與人應對，她看過那些傢伙瞧著自己的眼神，他們覺得自己是個妖怪，才能在白日裡憑空消失。

不過他們也說得沒錯，自己再怎麼偽裝，還是一隻妖怪。

她失望，收拾了自己的本株，想悄悄離去，她只能繼續飄盪，或許總有一天能遇見那人。

但她就在她想走的那一天，日光剛剛沉入地面，大街上的熱鬧剛剛消停了一些，隔壁店鋪的大娘就砰砰砰的來敲著她的門。

雲娘遲疑了好半晌，才輕輕開了門。

大娘胖乎乎的，一把擠進來，雲娘退後一步，一雙手卻被一把撈住，大娘一臉關懷的握著她的手，「姑娘妳沒事吧？街坊鄰居們看妳十幾日都沒踏出大門，我們還以為妳發生什麼事情了咧！」

她的身後幾乎跟著整街道上的店鋪主，大家點頭如搗蒜，贊同大娘說的話，他們七嘴八舌地嚷，「是啊！姑娘怎數日不出門，大夥都等著妳出來買點東西呢！」

他們話多，又交疊在一起，雲娘幾乎聽不清楚，但他們紛紛掏出自家店裡的東西，往雲娘手裡塞。

雲娘手忙腳亂的接下，大娘才笑著開口，「我們看妳孤身一人，相貌又是如此的好，想必是家裡遭逢巨禍，才會慌不擇路的落腳在這熱鬧的大街上。」

他們替雲娘編了一個淒美的身世。

「妳別慌，別怕。我們這裡人多，妳安心住著。晚上都還有顧著店鋪的小廝，妳有什麼事情喊一聲就是了。」大娘握著她的手，後邊傳來一個油紙袋，大娘順勢往她懷裡一塞。

雲娘下意識低頭看，原來袋裡裝了一個熱呼呼的燒餅。

好溫暖，像是這群人的善意。

雲娘懵懵懂懂的點頭，凡人的善意滲進了她的心裡，她忽然想起那人的淚，這些善良的情感就像他的苦痛一般炙熱，他為什麼要選擇懸梁自盡？他也有這樣的家人嗎？人間，對他來說，是快樂還是憂愁呢？

雲娘不懂，但承繼水煙情感的關係，讓她還是點點頭，收下了這些禮物，關上了門，似乎又有了一些踏出去的勇氣，她想當一個凡人，她想知道那人的感受，她想知道那人為了什麼而失望，她想成為那人的眷族。

她不想當一個寂寞又孤獨的花靈了。

她不想一個人了。

她會努力，學著當人。

三年後，一間小小的花店，特立獨行的開在京城的東大街上，鋪子雖小，卻瀰漫著清香。這間在街坊鄰居眼裡，看起來搖搖欲墜的花店，悄悄在東大街上站穩了腳跟。

如今遍地京城的文人雅士們都知道，如果要買一盆最有朝氣、綻開時最為美麗的盆栽，就非得要來到這家花店才行。

只有這裡的花最嬌嫩，只有這裡的竹子最為風雅。

買花，賞美人，雅事一樁！

店主人是個話不多的女子，隻身一人，據說有著曲折離奇的身世，她一身月牙白的裙裝，總是拂過一盆又一盆的花草植株，愛憐的看著它們。

彷彿像是自己的子女似的憐愛，看得那些文人雅士如癡如醉。

但卻無人知曉，儘管店主人日日忙碌於花草之間，卻始終在等待——

或許，終有一天那人會來到自己面前，店主人輕輕撫著胸口的月牙印記。

「不知道那一天到來時，我們又是如何相見。」

春日暖光中，佳人搬花，連額尖的細小汗珠，都是一幅絕佳的上好畫像……

第二章 重生

是夜，一抹幽魂，孤零零的在燈火通明的皇宮中行走。

今天是百官盛宴的大好日子，幽魂卻獨身在大紅燈籠下飄盪，他茫然的在自己的屍首下方駐足，腦袋一片混沌，困惑的側著自己的頸子，看著自己的雙腿在半空一盪一盪的。

他，死了嗎？

「唐之殷，得壽六十，南宋邑州人，速速跟我們前往地府領罪。」

忽然一陣厲喝，驚醒了幽魂的思緒，他迅速地抬起頭來，足下輕飄飄的踩不著地，他看著身穿一襲灰袍的陰差問道，「你們……是誰？」

他張開口，卻覺得喉頭乾啞得像是要著火一般難受。

「我們是地府陰差，來帶你回地府領罪。」陰差耐心的開口解釋，對於剛死的新魂，他們一向都很寬容，從一個生活了大半輩子的世界中脫離，來到另外一個從未親眼看過的世界，不管是誰，都會很害怕的。

「我何罪之有？」幽魂皺眉，「而且你們不是應該要派牛頭馬面來嗎？」

陰差攤攤手，「你想要看的話，我們也可以化形。」他們手上鐵鍊一甩，緊緊錮住幽魂的身體。「但更重要的是，你自盡而死，這在地府中，是大罪。」

「是嗎？我只是不想活了而已。」幽魂淺淺的笑了，笑得陰差們一頭霧水，「不過也無所謂了，如果我該跟你們走，那就走吧！」

他是當朝進士，年歲已高，屆齡六十，但是他剛剛發了誓願，永永遠遠的拋棄這一生，他想要重來一遍他的人生，回到讓他能夠自在快意的那一個年華。

現在他的容貌約莫三十出頭，相貌溫文俊朗，一頭長髮散在腦後，一身儒生的模樣，瘦得沒幾兩肉，臉上淡淡的露出笑容——這是當年他剛得了舉人，以為還能繼續更上一層樓的時候，還參不透世事殘忍的時候。

綁在他身上的鐵鍊粗如麻繩，已經磨損到不再有金屬的光澤，只餘下陳舊的綑綁痕跡，他順從的跟著走，一點也不反抗。

但陰差們走了幾步之後，他忽然頓住，慢條斯理的說了一句：「我不是唐之殷。」

「你說什麼？」左邊的陰差大驚失色。

他立刻翻著手上的本子，口中焦急的叨念著，「難道抓錯人了？不對啊！這次的差事明明寫明了——今日到皇宮內來抓新科進士！」

雖然因為自盡的壽算與記載的並不符合，所以對他倆來說都是突如其來的差事，但這整座宮殿內，也只有這一個遊魂飄飄蕩蕩啊！

但這分配下來的紙上也只寫著姓名與地點，連張畫像都沒有，難道真的抓錯人了？

兩名陰差對看一眼，彼此的臉上都是惶恐不安，他們哥倆好，一起做了五十年的文書員了，第一次可以上來陽間拘捕人魂，要是出了什麼差錯，弄不好又得回去繼續謄寫資料了！

他們清清嗓子，「你真不是唐之殷？」

「萬萬不是。」幽魂重重點頭，臉上神色好比斬雞頭發毒誓一樣慎重。

陰差們頹下雙肩，完蛋了，這下子真的抓錯人了，但如果眼前這新來的魂魄並非唐之殷，那他又是誰？

陰差們齊齊轉頭瞪著幽魂看。

「別這麼緊張。」

被鐵鍊緊緊捆住的人魂，一臉雲淡風輕，伸出手拍拍眼前兩位陰差的肩膀，「你們要找的人就是我，只是我現在叫水煙，我不要那個名字了。所以唐之殷不是我。」

他一臉平淡，說得彷彿是他剛丟了一雙鞋襪般輕巧。

「……」兩名陰差兩張臉黑了半邊天，敢情他們遇上了發瘋的人魂？還是這個傢伙在裝瘋賣傻？但如果要裝瘋賣傻，又為何要承認自己就是唐之殷？

陰差們想不清更想不透，乾脆一不做二不休，扯起了水煙身上的鐵鍊，不再說話，只直直地往前走，跨入了陰間的大門。

鐵鍊哐啷的聲音響徹宮殿，卻沒有引起任何人的注意，風吹過，鐵鍊引起一陣寂寥的氣味，水煙遠遠回頭一望，自己的屍身仍然懸掛在屋梁上，風還在吹，那一雙鞋子還在一晃一晃。

他還沒醉的時候，說過了什麼？他對著明月當空，手裡拿著酒壺，發著幾乎能擰碎心臟的誓言——他願脫去一身讀書人的迂腐外衣，一世世活得張狂自在，只為自己而活，再也不替他人活過任何一天。

自己這一世的身體還在那屋簷下擺盪，誓言還在自己耳邊迴響，不如……就從現在開始吧？

水煙捧著腹部，姿態狂放的笑了起來，讓前頭兩位帶路的陰差一陣背脊發涼，互看一眼，心裡都覺得，自己還是回去整理書卷資料好了……

跟著陰差來到了陰間，水煙好奇的四處張望著，陰差們一一核對了生平資料，包括他這輩子大大小小的事情，最後堂上的判官一拍驚堂木，面色凝重的看著他。

「唐之殷，你過去每一世都為了別人活著。雖然沒做過什麼了不起的大善事，但也沒有為惡人間，這次就判你五十年刑期，一日一次自盡的罪刑，這樣可以嗎？」

「我不叫唐之殷。」水煙頭也沒抬。

堂上的判官一驚，底下的陰差趕緊努努嘴比手畫腳，示意判官：

『他說他叫水煙！別叫他那個名字，這人魂傻的！』

判官額上的青筋抽了抽，擺擺手表示自己知道了，讓不遠處的那兩隻猴子趕緊下去，「水煙，我判你五十年刑期，一日一次自盡的罪刑，你可還有話要說？」

水煙無所謂的笑了笑，「這種事情也可以商量嗎？」

判官放下了手上的筆，一揮手，兩旁的石壁現出影像，快速撥放著水煙過去一生一世的日子，為了父母的期望、為了宗族的榮耀、為了國家的忠義，唐之殷就是一個徹頭徹尾的迂腐讀書人。

他缺少了尋找自我的勇氣，所以不管他如何執著心中的期望，都會遇到可笑的結果，因為那不是他的，而是別人的願望。

而這一世，他為了宗族的期望，從五歲開始認字，十歲開始寫詩，一路考到了六十歲才終於得了一個進士，沒想到皇帝一句輕巧的將仕郎分配，立刻就打發他這個高齡六十的新科進士。

石壁上頭，水煙伏在地板上，一邊哭一邊大笑，酒和著淚往下滴，一滴一滴滲入泥土中，他醉到深處，把自己的脖子套上了腰帶，從此決心拋棄一輩子的迂腐，發誓要當個自在快意的人。

而跪在判官面前的水煙，從頭到尾，臉上都帶著淡漠的笑意，兩眼完全不瞧石壁上的畫面，他說過了，他不再是唐之殷了，他要生生世世活得自在，不再管別人的眼光。

所以這一切，都跟他沒關係了。

那是唐之殷的人生，不是他的。

「當然可以商量，罰你，是為了讓你了解自己的過錯，罰多罰少，端看你自己。」判官沉吟了一下，又接著說，「但看在你過去世世循規蹈矩的份上，我們打個對折，二十五年吧？」

判官大筆一揮，正準備寫下去，水煙的聲音忽然響起。

「不，我最討厭循規蹈矩了，你就判五十年吧，我……需要一點時間好好想清楚。」

判官無奈，這真是從自己上任百年以來，第一次遇到的怪事，好吧！五十年就五十年，多想想也不是壞事，免得下回又自盡了，人魂的修補能力雖然強悍，也禁不起這樣的損耗啊！

「好！就依你的意思！人魂唐之殷，咳咳！人魂水煙，自今日起歸落大牢。」

判官一拍驚堂木，塵埃落定。

地牢當中的日子挺清閒的，至少水煙是這樣認為的。

他跟其他自盡的人魂不太相同，他沒有什麼不甘的怨恨，可能偶爾想起來，會夾雜著一些荒謬的情緒，跟些微的諷刺，但是他沒有任何不平，也早早想清，這是他咎由自取。

他低垂著頭的時候，還是想起了水月石壁上頭的景象，他一世一世都是這樣過的嗎？從來沒有想過自己，從來沒有活出自己。

關在地牢之中，多數的時間都是讓這些自盡的人魂好好思索，思索自己為什麼會走上這樣的路，思索自己如果這時候還在人世間，可以做一些什麼。

在這裡唯一的事情就是一日一次的自盡之刑，也不是頂恐怖的，說穿了就是重現死前最後一刻罷了。

水煙每次把頭靠上自己腰帶的時候，都會咧嘴對著底下的陰差一笑，然後雙眼一翻，吐著舌頭，絞碎了自己的氣管，掙扎了幾下，渾渾噩噩的斷氣，再被拉下來拍拍臉頰，叫醒自己。

在這裡，沒有真正的死亡，沒有真正的解脫，不過就算這世界上的任何地方，都沒有真正的安寧。總是有一些事情，必須鼓起勇氣親自面對。

不然它們就會成為一場夢魘，永永遠遠的纏繞著你。

水煙想得很清楚，他面對了，他要重生。他不是因為逃避而死，他是為了來生而死，他斬釘截鐵，他立下誓願，絕對不回頭重複以前的老路，只是他仍然有些畏懼，深深地藏在他的心裡。

陰差們其實蠻喜歡這個傢伙的，畢竟地府能夠交談的人魂雖多，像是水煙這樣好玩的，卻也是稀少。在他們偶爾下了值差之後，那些無聊的時候裡，還會跑到水煙的牢房前面跟他閒扯，甚至偷渡一點小玩意給他打發時間。

「欸欸，等刑期一過，水煙你之後想當公子哥或者小姑娘？」陰差現在都喚他水煙了，反正叫他唐之殷，他也不會回應，不如不要白費力氣。

「這也可以選嗎？」水煙躺在大牢的乾草堆裡，嘴裡咬著一根稻草。像不像三分樣，這陰間的牢房還真像人間的地牢。

「當然……不可以。」陰差咧開嘴笑，「你的福報稀少得可以，頂多讓你來世出生的時候順產一點，讓你娘少受點痛苦。」

「這樣也不錯。」水煙攤攤手，來世嗎?他的心裡忽然蒙上一層陰影。

「徐兄，問你個問題。」水煙忽然一骨碌爬了起來，抓住欄杆，「你為什麼在這當陰差?」

被喚作徐兄的陰差皺起眉頭來，這實在是很久以前的事情了，久得他幾乎都記不起來了。他敲了敲腦袋，終於想起來一個身影，「我……要等一個人。一個女人。」他越來越肯定。

「一個女人？你的愛人？」水煙攀在欄杆上，急切地把頭往外塞。

「不，是仇家。」徐兄一捶掌心，他已經等了一千多年，連自己一開始留下的原因都忘記了，不過這小子問這做什麼？「你問這做啥？想當陰差嗎？」

「誰想當陰差，成天困在這地府裡頭。」水煙躺回稻草堆裡，咬著稻稈搖頭，內心卻起了一絲波瀾，「這麼無趣的地方，我才不想待。」

「大爺我要回去人世間，娶他十個八個妻子，生他個一打的孩子！」水煙蹺起腳來，左右搖擺。

徐兄笑了起來，「人生總不是如人所願啊。」他擺擺手，跟身後似笑非笑的水煙道別，他得趕去看看自己的仇人來了沒。

水煙躺在稻草堆上，臉上沒有任何的表情。

在這裡，他灑脫的過著日復一日的生活，跟陰差們說說話，了解一下地府裡有什麼，聽他們說每一次上人間的故事，偶爾興致一來，就轉頭調戲一下隔壁的女鬼，嘲弄人家的死樣太難看，能使小兒夜晚啼哭不止。

不像他只有脖子一道瘀痕，帥氣、俊朗，滿分。

各位看看隔壁那牢房裡關著的女鬼沒有？跳河自盡啊！滿臉浮腫，白得比河水還白，恐怕連自家丈夫都不認得了！

水煙半真半假的嫌棄隔壁女鬼，只換來對方沒好氣的翻白眼，「你以為我願意啊？你當作家家戶戶的屋梁，都能跟皇宮一樣堅固？不選跳河，我還怕壓垮了我家的倉庫，來年不能過冬了呢！」

雖然死後的樣貌心隨意轉，但要是人魂沒有過於強大的意念，像是水煙那樣徹底拋去過去的自我，不然通常都會依循死時的樣貌，繼續在地府度過，畢竟他們都還有一些怨念跟不堪，也不可能如此輕易的改頭換面。

「那還有別的方法啊？跳崖我看著就不錯，死了就爛在谷底，也不怕被挖出來見人。」水煙蹲在欄杆邊，有一搭沒一搭的跟隔壁的女鬼閒聊。

「我還想著讓家人收屍的。」女鬼瞪他一眼，轉身面向牆壁，只低低的說了一句，「我可不像你，風風光光的死，皇帝還厚葬你呢。」

是的，水煙雖然在皇帝大宴百官的時候懸梁自盡，但根據陰差們閒著沒事幹的閒話，據說皇帝並沒有因為水煙的死而大怒，反而撫著他的屍身一陣感嘆，讓人厚葬了他，死時身上還帶有功名的。

也因為這些多嘴的陰差們相傳，最後大家都知道水煙怎麼死的，也知道他可是某一朝代的新科進士，雖然封上的那天就懸梁自盡了，不過好歹也是念點書，肚子裡面有點墨水的，所以左鄰右舍的人魂，都還挺願意跟他搭話。

反正閒著沒事，打發一點時間嘛！

在這裡沒有別的了，就時間最多，陰差們喜歡水煙，人魂們也習慣這個顛三倒四的進士人魂了。

在這樣的日子當中，水煙成了一個很特別的存在，雖然是地牢內的人魂，但是他笑口常開，不以為苦，反而跟陰間上上下下混了個臉熟。

誰都知道，大牢內有這位拋棄姓名的新科進士，更知道他每天出來受刑，就跟放風郊遊一樣愉快。

日子一天天過，水煙竟然也熬滿了五十年的刑罰，上自判官，下至陰差，大家都熱烈的來迎接他，你一言我一語的，建議他下輩子要當什麼、娶怎麼樣的妻子、生幾個兒子之類的凡人瑣事。

雖然萬般皆是命，半點不由人，不過可以拿別人的命運說說嘴，總是不錯的！這些陰差們多數都放棄了來生的希望，難得有一個手下監管的人魂即將投胎，都有些興奮過頭了。

水煙一路上稱兄道弟，左拍肩右搭背的不斷致謝，他是真心喜歡這些陰差們，他從來沒這麼自在過，他在陰間的地牢，竟然找到了真正的寧靜，他的心安定了下來，他覺得，這裡是他的家。

他向所有人告別，說完了一切該說的話，但真正等到走到輪迴臺上時，他卻忽然停了下來，駐足不前。

他停在一片光亮之前，靦腆地搔搔頭，回頭看著所有人，亮著眼眸笑。

所有人看著他，你看我、我看你，一個陰差的嗓門特大，聲音大聲地爆了出來，迴盪在所有人之間，他大聲嚷嚷，「就知道你這小子有鬼！你不去投胎想幹嘛？」

其餘的人也搓著手，興奮的笑，目不轉睛的看著水煙。

「我想留下來，行不行？」

水煙還是笑著，眼裡卻有些羞怯，這樣子的他，有資格留下來嗎？他可是自盡的人魂啊，觸犯了陰間唯一的刑罰，他連來生都還不懂，有資格理解死亡嗎？

但他還是往前一步，他有不得不這麼做的理由，「行嗎？我想留在陰間。」

所有人一愣，沒想到這小子竟然想留下來，他們料準了水煙一定不會乖乖踏上輪迴，必定有什麼驚人之舉，但沒想到他一鳴驚人，連當初發派他五十年刑罰的判官都眉頭一皺。

「你不是說不想待在這無趣的地方？」大嗓門的陰差又嚷嚷了起來，水煙打探地府裡的事情人盡皆知，但是水煙總是說這裡像是日暮黃昏，死氣沉沉，他可不感興趣。

水煙咧開嘴笑，藏著一絲自己的憂慮。「是這樣說沒錯，但小爺我可捨不得你們。」

他半真半假，看著自己的判官，「給個話吧？」

判官瞪他一眼，「你以為誰想當陰差都行嗎？」

他咂咂嘴巴，這小子還真是出人意料，他手上的本子飛快的翻著，彈指幾下。「不行！你過去幾世壞事沒做多少，但是好事也沒做，夯不啷噹，福報總計三年。」

周圍的陰差們，齊齊發出一聲長長的嘆息聲。

管轄水煙的陰差垮下了臉，早知道這小子福報稀少，卻沒想到少成這樣。難道這傢伙在世的時候都不做善事的嗎？

水煙刮了刮自己的臉頰，他這一輩子渾渾噩噩，只知道讀書、考試，一年到頭離開家門的次數屈指可數，最大的善事大概就是對著飯桌上的蟲蟻視而不見，難怪福報稀少到這種程度。

陰差們面面相覷，心裡想的都是同一件事情，才三年啊？能幹嘛？頂多讓你大哥頭上多幾根毛啊！連要長點臉皮，變好看一些都不能咧！

不過判官手上的大筆又一揮，三的數字後面，瞬間多出了一個空格，他大聲嚷嚷：「有沒有人想出借福報啊？記住一人至多只能借一年啊！」

這下子歡聲雷動，陰官跟陰差們難得這麼和諧，本來他們就是上下部屬的關係，難免有一些雞毛蒜皮的恩怨，更別說隸屬於不同判官之間的陰差，平常的明槍暗箭可從來沒少過了。

但這次為了水煙，大夥通通摒除過去的陳年積怨，人人舉手喊聲，人頭騷動，讓判官一時都看傻了眼。

「好好好！這邊的借半年，那邊的也借半年。」

判官的大毛筆又揮，甩出了墨汁，墨跡乾在本子的頁面上，就此定案！

我們好人緣的水煙，獲得灰色長袍一件，正式規籍陰間，從五等陰差開始當起，文書員的日子遙遙無期的等著他。

水煙咧著嘴傻笑，這裡，以後就是他的家了。他的管轄判官轉過頭來，拍了拍他的肩，「以後好好幹！你欠這些傢伙的福報可不是一朝一夕還得完的啊！」

水煙心頭發熱，鄭重一揖，抬起頭來又是那張笑得恰到好處的臉皮，「感謝大家，小爺我在這拜謝各位了！」

底下笑聲一片，水煙心裡頭的憂慮被悄悄掩蓋了。

按照陰間的階級之分，除了各大層級的判官以外，其下共分兩種階級，陰官與陰差各五等，首等陰官為主，五等陰差為最末，其上由各隊判官分別帶隊，閻王統一管轄。

水煙借了四十七年的福報，勉強晉升為五等陰差，負責文書作業，簽寫各陰差的人間作業任務，並且透過水月鏡，一一詳實記載生魂投胎之後的大小事情。

雖然輪迴自有大道運轉不息，但是支撐著此一機制千百年不墜，則是這些底下忙忙碌碌的「陰間公務員」，這份工作唯一的好處就只有一點零頭的福報，可能可以於來生使用，增加一些你所希望的條件。

但是福報的多寡，並不會影響命運，你可能出生時家財萬貫，但是此世得修補對於錢財的執著，你手上的金銀財寶，還是會一點一滴悄悄溜走。

你過得奢華不已，最後仍然塵歸塵、土歸土。

更不說容貌秀麗、身長六尺這種外在條件，通通都是鏡花水月，只是體驗人生的一些變異而已，幫助你這趟人生旅程有更多的趣味罷了。

但福報也不限於現世使用，可以當成陰間的貨幣來流通，陰間就像是另一種人世，食衣住行樣樣都要錢，只是鮮少有人魂大手大腳的揮霍福報，因此陰間的一切都維持在最低限度的水平。

也是水煙認定無趣的最主要原因。

而立志要當個瀟脫張狂人的水煙，幹起陰差來，不得不說，還真是有模有樣！

他前一輩子書讀得夠多，抄寫文書難不倒他；拋去包袱之後的他口才流利，外派到三界六道交涉，更是易如反掌，當然陰間只受理人魂的運轉，花魂、妖魂各有其去處。

但總有一些事情需要各界交涉，水煙簡直就是出得了廳堂，進得了廚房的萬用款陰差，積欠的福報一下子咻咻咻的就還完了不說，還能讓他閒來沒事揮霍著玩，宴請親朋好友。

但看似如魚得水的水煙，他自己心裡是怎麼想的呢？

其實他蠻害怕的。

他當上陰差之後，仔細地看過了水月鏡，他知道自己輪迴了幾十次，卻世世都在為別人而活，好像有一種奇怪的犧牲奉獻精神，就死死的刻在他的骨頭跟血肉裡頭。

他不為了別人撞得頭破血流，心裡就不對勁似的。

他越看越氣，咬牙切齒，絕對、絕對不肯再過這樣的人生了。

像這樣隨手翻開，就是一番血淚史——他某一世，出生名門望族，少年之時，吟詩作對簡直意氣風發，跟他現在替自己塑造的外在形象簡直是同一模子，帥得沒話說。

可是他老哥什麼不好，卻硬生生跟某青樓的名妓好上，結果在大婚當日堂而皇之的上演逃脫戲碼，搞得一家子雞飛狗跳。

人家新娘子的轎子都抬到家門前了，還有什麼辦法？弟弟代打囉！

畢竟兩家都是名門望族嘛！這婚宴可萬萬取消不得，弄個不好，上告到皇上那裡，自己這一家子可就在京城黑了半邊天了，結果趕鴨子上架的水煙，就莫名其妙成了自家老哥的代打新郎，最後一輩子鬱鬱寡歡，娶了一個終身怨恨自己的妻子。

拜託，我也不喜歡妳好不好，水煙忿忿的關掉鏡面，氣呼呼的撇嘴。

水煙站在水月鏡前面，敲敲自己的腦袋，他那一世是撞壞了腦袋，還是被鬼附身了，這種事情也會答應？要不是他老哥的骨頭都不知道爛到哪裡去了，他肯定挖墳鞭屍。

但轉念一想，不不，說不定這就是人性本賤，會答應這樣的事情，其實是自己有問題吧？要是他又重新踏上輪迴，遺忘了這樣的記憶，實在難保下輩子的自己，又幹出什麼可怕蠢事。

他可不想以人魂狀態飄盪回來陰間時，又氣得想把自己的頭敲碎。

不行不行，好死不如賴活，他要當一塊賴皮膏藥，死死不離開這裡，他下定志向，目標就是高升陰間的職位。

官位越高的他，越沒可能被踢回人間！他絕對、絕對不要再回輪迴了！也因為這樣，當起陰差的他，比誰都要勤快上幾分。

沒有人知道他心底藏得很深的小祕密，水煙是寧願魂飛魄散，也不願意自己再做蠢事。

因為這樣的緣故，水煙從不積累福報，畢竟他根本想都不敢想自己還有來世，在還完了所積欠的債務之後，他就在「陰間人魂轄區」，買了一間小小的店鋪口，做什麼呢？他還沒想到。

之後如果真的不能當陰差了，就在這裡寫寫門聯吧！他一介讀書人，又只剩下上一世的記憶，肩不能挑、手不能提，難怪人家會說百無一用是書生。

他買的店鋪只有一層樓，上面還不是他的房子，裡邊打開，前門可以看到後門，除了外邊大廳可開作店鋪的廳堂以外，就只有一個後頭的小廚房，連間睡房都沒有。

水煙不以為意，人魂不太需要睡眠，閉閉眼休憩一下就行，他下了差事之後，也只是在這裡發發呆，偶爾跟陰差們通宵達旦的喝酒，好不容易摸到家門的時候，通常天色都即將大亮，搖搖晃晃的他就睡在門口邊上。

左鄰右舍對此也見怪不怪，還會幫著把門推開，踢踢水煙的屁股，讓他迷迷糊糊地爬進門檻裡，倒在磨石子地面上呼呼大睡。

反正陰間也沒啥好偷的，福報就是流通的貨幣。想要買什麼，兩個人喊一聲，各自同意之後，福報就立刻被扣掉了，要是想知道自己還有多少，隨時可以找陰官查查，比起人間的貨幣，不知道方便了凡幾。

只是會住在這裡的人魂們，內心都還想著要投胎，所以對於福報可是珍惜萬分，沒有人會像水煙這樣大手一揮，家裡掛滿各式各樣的衣服，他穿不慣陰差的灰袍子，總是打扮得五顏六色，像隻繽紛的孔雀，亮得扎眼。

不過他職位小，人緣又好，做事情異常認真，一路上穩紮穩打往上升，所以也沒人說過什麼，他不喜歡穿灰袍，那是他家的事情，別被上頭揪出什麼小辮子就行了。

在這樣的日子當中，水煙竟然慢慢爬上了五等陰官，時間算算也過了四、五百年，他當初自盡的宋朝已經是滄海一粟，他的本名也逐漸被淡忘，沒有人記得世上曾有一個人叫唐之殷。

只有一個不太正經，嬉嬉鬧鬧的陰官，名叫水煙。

水煙對此相當滿意，唯一讓他想抱怨的地方就是，怎麼升官之後，發下來的黑袍又更難看了！他還以為灰撲撲的就夠讓人鬱悶，沒想到黑色的看著，簡直觸人楣頭！

他們陰官管生管死，卻成天黑著一張臉，難怪凡人總看了就怕，像是財神那樣多好，喜氣洋洋，還能讓人掛在家門前，成天笑瞇了眼。

「我說京玉啊，你們難道沒想過換個樣式？」

京玉是他當初自盡之後，替他審判刑罰的判官，也是網開一面讓他留下來的那位，水煙跟他可熟了，現在也是直升到京玉的部屬底下。

「難不成人人都要跟你一樣穿得像隻孔雀？」

京玉拿扇子敲敲他的頭，順道遞給了水煙，「你拿好，一套黑袍、一頂官帽、一柄羽扇，這下就全齊了。」他面露笑意，心裡也是很高興的。

「行啦！行啦！」水煙腋下夾著黑袍，手上拿著羽扇玩，連官帽都歪歪斜斜的戴在頭上，看得京玉直搖頭。

這傢伙做事認真，骨子裡就是個一絲不苟的傢伙，外表卻要讓自己狂放不羈，人生如戲不可悲，最可悲的就是死了還要演戲。

但水煙自己矇著眼不肯看清，他也不想多說什麼，這些事情得等他自己去面對，旁人不管怎麼拖拉，都使不上勁的。

「沒事了，那我走囉？今天難得我放假，約好了一大桌酒席正等著我呢！」水煙搖搖晃晃，捧著黑袍迫不及待地想走。

京玉嘆口氣，拉住準備走人的水煙，開口：「我話還沒說完呢！水煙，你想不想回去陽間看看？」

水煙愣了一下，頭立刻搖得跟波浪鼓一樣，「不想不想，我對陽間一絲興趣都沒有，做什麼要我回去看看？別說我前生的親人都死光了，我前些日子，還在陰間見過我不知道第幾代的孫子咧！」

「別提了別提了，破壞我的心情。」水煙皺皺眉頭，抬腳又想走。

京玉瞪著他，他知道這傢伙怕，卻不知道怕成這樣。

「由不得你，你是陰官中的陰陽使者，本來就要行走於人間，人間發生戰亂了，上頭遊蕩的人魂多得跟什麼一樣，現在炸開了鍋，等不及陰差們一個一個收了，你替我帶一隊人馬上去，一次全帶回來吧！」

一本小冊子扔到了水煙手上，上頭密密麻麻的人魂名單，顯示著烽火的無情，以及成就帝王家野心的無數鮮血，也代表著這次工作量的繁重，恐怕沒有個三、五個月，是很難回陰間歇息了。

水煙揚起了眉毛，「事情做完我就能回來了？」

京玉沒好氣的點頭，「是！本來想放你個假，讓你回人間四處走走，但我看你也不需要。」

水煙咧開嘴笑，「不需要不需要，我對人間一點興趣都沒有。」不過聽見京玉的話了，水煙頓時鬆了一口氣，只要不是要把他踢回人間，一切都好談，他的苦瓜臉迅速化去，轉憂為喜。

「去吧。」京玉擺擺手，這傢伙簡直頑石，他不管了。

「是是是，京玉大人！小的這就去！要帶點土產嗎？藍田美玉怎麼樣？配大人您剛剛好啊！」水煙還不忘調侃一下京玉。

京玉很忍耐的吐了一口氣，「你不要跟我耍嘴皮子了！」

水煙眼見情況不對，立刻撒開步伐，顯示自己現在就要去了，等到京玉走遠了，他才收了神色，揉揉雙頰，自言自語著。

上陽間啊……有什麼好玩的嗎？不就是人生如戲，全靠演技。他不需要什麼假，他只想回來他的安穩窩蹲著，他不能讓悲劇重演，他得死死記著自己的誓言。

他甩甩手上的羽扇，沉思了起來，不管怎麼樣，差事交代到自己頭上，就是得好好完成，但是說起來要到陽間去，還真是有點使人煩躁啊！

他伸出手，右手腕上有一個月牙般的印子，像是剛萌芽的嫩葉，什麼時候印上的呢？他實在想不起來，毫無關於這個印子的記憶，但是自己又隱隱約約覺得遺忘了什麼，遺忘了什麼不想去碰觸的事情。

反正該來的總是會來，日後他一定會知道這個印子的由來。

水煙搖搖頭，手上的冊子已經寫好了隨隊的陰差姓名，他只要找其中一個，讓他去通知大家就好，不過為了長久的快樂人生著想……

水煙邁開步子，朝向店鋪街上最大的酒肆走去，準備打一斤的燒酒，來宴請這次隨隊的陰差，好人緣可不是說假的。

畢竟人生賴有杯中物，還同海上鷗，這可是沒有人會拒絕的禮物。

第三章　錯認春族

最近的京城不太平安。

臨產的婦人接連死去，官府怎麼查也查不出凶手。上自皇城、下至一般平民百姓，人人自危，瀰漫著一股人心惶惶的氣氛，皇宮內的國師已經出來祭天好幾次了，法事辦了一場又一場。

城內即將分娩的產婦，還是死了一個又一個。

雲娘對此原本是不在意的，植物妖本質冷淡，並不像動物妖一樣注重地盤，京城裡的妖怪來來去去，有些定居下來，數十年換了個樣貌又回來一次，雲娘從來沒干涉過，她就像一個尋常的姑娘，住在東街上的花鋪子。

但是隔壁大娘的媳婦死了。

那個媳婦叫秀荷，常常來雲娘的鋪子，尤其是孕期後期，更常來花鋪裡走動，她數日就買一束鮮花，走到西街的最後端，那裡有一間觀音廟，秀荷說她供花不求別的，只求她的孩子一生平安。

來得熟了，雲娘也曾經陪著秀荷到廟裡去幾次。

常常看著秀荷一臉幸福地摸著自己的肚子，她不知不覺間，也開始期待秀荷肚子裡的孩子，她一次怯怯地問了秀荷，「能不能讓我摸一下肚子？」她有些膽怯，畢竟凡人懷胎的禁忌很多。

但秀荷只是爽朗的大笑，一把撈起她的手，放在自己的肚子上，孩子也很給面子，用力地踢了幾下雲娘的手。「妳也喜歡孩子嗎？等孩子生出來，我讓他多去妳店裡走動！」

「得等他懂事了再來，不然花都讓他拔光了。」

雲娘抿著唇笑，找到那人之前，她不會有自己的孩子，但是這些幼小的生命，純真的模樣，卻引起她深深的保護慾，她塞了一個香包給秀荷，裡頭有秋蘭跟辟芷，還有一片自己本株的葉子，她喜歡這孩子，希望這孩子快快出世。

但是秀荷在臨盆的時候死了，連孩子都不尋常的失蹤。雖然官府不知道是何原因，但去悼祭秀荷時，秀荷屋內留下的蛛絲馬跡，讓她知道秀荷是死在妖異的手底下。

這引起雲娘深深的憤怒！她把自己當成凡人一樣的活著，她受到隔壁大娘的諸多照顧，她聽見了大娘的嚎哭聲，也想起了秀荷最後那望著遠方的目光。

她決心要找出凶手，替秀荷報仇。

雲娘隻身一人，站在京城最高的屋簷上，她的右手幻化成藤蔓，迎向遠方，深深皺起秀眉來，這股稀薄的妖氣，由遠而近，散在整個京城的範圍。

整個京城都沾染上這股淡薄的妖氣，到底有多少即將臨盆的婦人遭此橫禍呢？

她已經小心地打聽過了，但事情太過離奇，許多門戶都是掩著不說，雲娘費盡心思才打聽到一點消息……

因為習俗的關係，家裡女人生孩子時，男人是不能進去的，要是家裡又剛好沒有女眷，就只能讓產婆隻身一人入內幫忙，等到孩子出生時的第一聲啼哭之後，才能看見由產婆抱出來的孩子。

但是已經有好幾戶人家，在等了大半天之後，只聽見了一聲微弱的啼哭與驚恐的呼救，再也沒聽到任何動靜。

他們按捺不住，衝進房間之後，卻嚇得紛紛往外逃，連孩子的爹都慘白著一張臉狂吐，不過這也怪不得他們，場面實在太可怕了。

原本應該好好休養的產婦，這時通常都還躺在被鋪裡，睜著眼睛活生生的斷氣，面容之扭曲，讓官府的仵作連勘驗都不用驗，鐵口直斷——是被活活嚇死的。

一旁的產婆則是倒臥在血泊當中，身上布滿了青色的小腳印，有的被扭斷了手腳；有的則被鑿開了腦袋，死因通常是失血過多。

至於出生的嬰孩則是不知所蹤，只有當夜一聲短促的啼哭，徒留在家人的腦海內，還能證明他們的出生。

滿京城都找不到，恐怕凶多吉少。

不管家屬們找遍了整個家裡，甚至在衙門信誓旦旦的指天指地，他們當時就守在房門入口，寸步不離，嬰孩的下落還是不知所蹤。

京城裡最有名的捕快也束手無策，沒有人會奪取這麼幼小的嬰孩，甚至在眾目睽睽之下殺害了母親與產婆，鮮血四濺的現場，也讓大家噤若寒蟬，覺得必有妖異作祟。

這件事情也讓城內的產婆，紛紛不願意出外接生，甚至為了逃避眾人的指指點點，開始謠傳，那些產婦懷的是妖胎，本來就不該出生，死了也是恰好。

產婆們就是因為幫助產婦分娩，才會被剛出世的妖胎給殺了！

這個傳言幾乎到了甚囂塵上的地步了，可是大夫是不管接生的事情的，就算心急如焚的家屬敲破了醫館的大門，還是找不著任何一位願意替產婦接生的大夫。

雲娘為了這件事，不停地四處探聽，從花店內賣出、在城內各戶民宅四處生長的植株們，也通通側著葉片，不斷地收集著雲娘想要的資訊。

今天晚上，城內又即將有嬰孩分娩，這是一網打盡的機會——雲娘站在屋簷上，她微微可以感受到新生的血氣，從不遠處的民宅中微微散開。

血氣散開後，一陣細微的聲音便緊跟著從夜空傳來，「啪、啪」地接連不斷，細聽好似翅膀拍動的聲音，還隱隱伴隨著尖銳的泣音。

她靜靜站立，不想打草驚蛇，右手的藤蔓緩緩的伸展，在月色下準備好伺機而動，這時候，稀薄的妖氣越來越濃厚，她咬住下唇，隱在陰影之中。

嬰兒的啼哭聲劃破了寧靜的夜空，這家的產婦好不容易用重金求來了一位穩婆，穩婆一將嬰兒接生下來，連臍帶都來不及剪，立刻放在床沿，推開了大門準備要走！

誰知道繼續待下去會發生什麼事情？她只跟產婦說好接生，後面她不想管了！

穩婆下半身沾滿了產婦的血，急急往外奔出，家屬一看穩婆安全出來，立刻讓婢女進去幫忙，接手照顧氣力放盡的產婦以及新生的嬰孩。

在大家亂成一團的躁動中，沒有人抬起頭來，發現屋簷上吊著幾隻不斷掙扎的妖怪——那是人面羊身、長著肉翅的狍鴞，他們妄圖用利齒或利爪掙脫纏在身上的綠色藤蔓，但無論如何掙扎，仍是密密地被綑在屋簷的梁柱上頭。

等到騷動停息之後，已經過了大半夜，這段日子以來，孕期的擔憂、生產的危險、妖胎的傳言，終於在今天晚上劃下句點。

鬆懈下來之後，這家人很快的就沉沉入睡了。

雲娘這才慢條斯理的拉回藤蔓，像是拉著一串粽子一樣，狍鴞的屍體一個皆一個被拉出來，雲娘鬆開了藤蔓，卻發現因為捆得太緊，這些狍鴞通通斷氣了。

「唔？死了？」她右手化成一片葉子，左右翻動。

狍鴞們翻著白眼，全都口吐白沫，死得連身體都硬了。

「那城內應該不會再出事了吧？」雲娘拍拍手，踩著虛空的階梯，施施然朝向自己的花店走去。

可是從未與妖界接觸的雲娘，並不知道，狍鴞是一種群居生物，通常整個聚落大約會有上百隻，是自古以來傳說中，就喜愛吃人的一種妖怪。

此次襲擊京城的狍鴞族群更為凶惡，他們因緣際會下得到了人類瀕死的嬰孩，吞吃入腹之後，卻沒想到味道如此鮮美，再也無法忘懷。

在她身後，無數的綠色眼睛，在黑暗中齊齊亮起，張嘴發出了嬰兒啼哭的聲音，能模仿嬰孩的叫聲，也是狍鴞的技能之一。

雲娘若有所覺，停在了自家的店門口，回頭一望，城內的各家各戶皆點開了燈，勸哄著在大半夜忽然啼哭起來的孩童。

她放下心來，推開了自家的大門。

但是事情並沒有因此結束。

從那夜之後，還是陸續傳出了產婦被殺害、嬰孩不知所蹤的事件，也因為這樣，幾乎讓雲娘疲於奔命，畢竟生孩子可是沒有看時辰的，而且京城說大不大，說小也是不小。

實在逼不得已，又沒辦法看著不管，到底哪裡來的這麼多狍鴞？

雲娘百思不得其解，惱怒的情緒湧上心頭，她厭惡半途而廢，更討厭這些源源不絕，殺都殺不完的狍鴞。

他們彷彿不要命似地，就一心要剷除她的存在。

但最後真的沒有辦法了，她對於妖怪幾乎一無所知，只能隱約感應其真身為何，但她缺乏一切相應的妖族知識。

她想了半天，如果她不知道的話，那誰會知道呢？

她想到那天遠遠望去，高臺上的那個男人。

雲娘細細畫下狍鴞的樣貌，夜闖京城，把狍鴞的畫像，摔在國師的面前，冷著一張臉開口，她隱去了自己的面容，模糊一片，只剩下一雙眼睛盯著床鋪上的男人瞧。

「這到底是什麼妖怪？」

雖然這傢伙不太可靠，法會做了一場又一場，仍然一點用都沒有。

但想到他好歹佔著一國天師的缺，技術上不太可靠，說不定腦袋裡面還有一點可用的東西，雲娘乾脆死馬當活馬醫，把最後的賭注押在國師身上。

國師從棉被裡被拽起，看著冷著一張臉的雲娘，第一個反應就是扯開嗓子大叫，卻被雲娘的藤蔓給塞了滿嘴，「你敢叫，我把你扔進湖裡。」

雲娘冷著臉，試圖學會威脅她眼前的這個凡人。

「妳……是誰？」國師坐了起來，雲娘臉上一片朦朧，只能隱約分辨五官，身段卻是絕美的，一絲不多一毫不少。

「我是誰不重要，你認得這妖怪嗎？」雲娘操控藤蔓，捲著紙張遞到國師面前，「你認不出來，我就殺了你。」

她語氣溫和，嬌嫩的雙唇卻吐出殘忍的話。

但國師何許人也，他能夠爬到現在的位置，可是踩過多少的屍體？他是沒有什麼能力，他根本就沒有修道的天賦，但他懂權勢懂計謀，他連自己的師兄都能夠塞進煉丹爐中煉丹了，他怎麼會一眼看不出來虛張聲勢的雲娘。

但是雲娘不分輕重，膽敢夜闖皇宮，恐怕也敢殺了自己。

他清清喉嚨，「這妖怪我看著是有些眼熟……但我得查查。」他轉身走向書櫃，拿起其中一本快要散架的古書，翻了數百頁，他大喊一聲。「就是這個！」

聽見國師的嚷嚷聲，雲娘忍不住湊過去，「狍鴞？什麼是狍鴞？」

國師拿著書坐下來，慢條斯理的倒了一杯茶，「姑娘，老朽這杯茶敬妳，想必妳也是為了最近的災禍才會前來夜訪老朽，我們以禮相待彼此。」

雲娘愣愣的坐下，「你手裡的書給我。」

國師搖搖手，「這可是我師父留給我的，怎麼能給妳，不過姑娘如果想知道的話，老朽不妨唸一段給妳聽聽。」

「我想知道狍鴞為何而來。」

「老朽立刻為妳講講，但姑娘如何稱呼？」

「……雲娘。」

「可否散去雲霧，一見芳顏。」

「……你只要告訴我狍鴞如何除去即可。」

「這可不行，如姑娘是妖族同黨呢？此書寶貴，書中文字都不可外流。」

雲娘猶豫片刻，輕輕揮手，眼前的雲霧散去，她還太稚嫩，武力上的絕對性壓倒，讓她鬆懈了戒心，她也欠缺與人言語纏鬥的經驗。

「這與狍鴞有什麼關係？」

國師咧開嘴笑，這妖物比他所想的要美上數分。「姑娘美如天仙，必定是上天派下來替我們除去狍鴞的仙女，老朽這就替仙女講講狍鴞的來歷與除去之法。」

國師按著古書念，對於這類學識從來沒有興趣的他，其實也是第一次翻閱此書，但是憑藉著臨場反應，硬是唬得雲娘一愣一愣。

「此妖物皆為群居，恐怕在京城外有數百隻以上。他們性喜人肉，無法口說人語，只能徹底剷除，唯一的方法就是一次滅了他們的老窩。」

「謝謝你。」雲娘站起身來，轉身想走，國師卻喊住了她。

「雲娘姑娘請留步！這誅殺狍鴞一事總不能讓姑娘隻身前往，本國師將派大批人馬前往京外搜索，請姑娘告知落腳之處，方便連絡。」國師一臉誠懇。

「東街上花鋪。」雲娘躍下了窗子，縱著狂風離去。

國師慢慢闔上了手上的書，東街上的花鋪子嗎？花神的流言他也是聽過的，但神者無明，人間又何曾有過什麼神仙降臨？他斷定雲娘必為妖人，但這麼美的妖人……

皇上應該會很喜歡吧？他捻著嘴邊的鬍鬚，笑了起來。

他往外喊了一句，貼身小廝立刻進來，他對著小廝的耳邊叨叨絮絮的吩咐了幾句，「沒錯，就是那裡，你尋個白日前往暗查，就是要白日……事情別辦砸了。」

縱著狂風，雲娘急急趕到一處民宅，她伏低身子，隱在屋簷的陰影之處，底下的產婦正在大聲哀號，但是門外卻沒有任何人在等待。

雲娘的神識略一探，竟然連房內可以搭把手的人也沒有！

產婦的神情痛苦，已經有點神智不清的大吼了，雲娘這陣子看了十幾個產婦生孩子，雖然自己沒生過，但是看多了也知道一些，比如這般的亂吼，只會徒然耗盡力氣，在孩子尚未要出世之前，就先將母子兩人置於險境。

她內心猶豫萬分，她一直是等著狍鴞出現，才出手絞殺這些偷人嬰孩的妖物，她從未曾現身於凡人面前，但是如果眼下她不幫忙，這產婦恐怕熬不到狍鴞出現的時候。

她一咬牙跳下了屋簷，推開了木門，走到了裡頭的偏間，產婦在痛苦之中，並沒有發現雲娘的到來，一直到雲娘握住了她的手。

她才虛弱的抬起頭來，「妳是誰……救我……」她還來不及等到雲娘的回應，就尖聲驚叫，下身的被褥一片溼紅。

雲娘有點慌張，但是她仍然鎮定的握住產婦的手，悄悄放出一陣花香，帶起了室內流動的空氣，驅散了一點血腥味。

「別怕，妳別怕，慢慢數著時間呼吸，妳還不能用力，得再等一會兒。對了，夫人名喚為何？」她的聲音溫和，給了床上的產婦很大的力量。

「我、我叫晴兒……」產婦喘著氣回答，雲娘在她身邊，讓她有了一些安全感，不再胡亂嘶吼。

雲娘點點頭，「晴兒，妳聽我說，我可以幫妳，妳忍著痛慢慢用力，直到我看見了嬰兒的頭，我們再一鼓作氣。」

晴兒眼眶溢出了淚水，拚命的點頭，「好！都聽妳的！」

「很好很好，再來個幾次。」

「啊！好痛啊！」

「就是這樣了，我看見他的頭了，再加把勁！」

「啊啊啊！我不想生了啊！」

「想想妳肚子裡的小孩，妳不想見到他了嗎？」

「我想啊，啊啊啊！」

終於，一陣啼哭聲響起。晴兒忍不住哭了起來，她差一點就要放棄了，是這個不知道從何而來的姑娘幫了自己一把，她勉強握住雲娘的手，感激的啜泣。

一個這輩子第一次生小孩的女人，跟一個剛入人世的花妖，在堅持的信念之下，共同努力著，經過大半天，兩人都累得滿身是汗，嬰兒終於呱呱墜地。

這個全身皺巴巴的小子，哭了片刻，在晴兒的懷裡安靜下來，他張著大大的眼睛，烏溜溜的看著自己的母親，又瞅著雲娘的手指。

他小小的手掌，像是世界上最柔弱的珍寶。

雲娘心裡有股莫名的滋味，迎接新生的生命，觸動了她心底最柔軟的部分。

她依照著凡人的生活方式生活，她一直想成為一個凡人，她以為她幾乎要做到了，但是親手接生了這個凡人的小嬰孩之後，她卻覺得自己的生命終於真正的與誰聯繫了，她在這個世界上，不是獨自一人。

她不是孤獨的，就算那人不在她身邊，他們永遠不能相見，她也終於覺得，自己不再孤獨了。

「孩子還好嗎？」晴兒氣力放盡了，只能看著自己的孩子趴伏在自己胸前。

「很好喔。」雲娘摸摸小嬰孩的額頭。「是個小男孩，取名了嗎？」

「孩子的爹說過，如果是女孩的話就叫左晴文，男孩就叫左來寶。」晴兒的眼睛逐漸閉上，終於鬆了一口氣，她的精神慢慢渙散。

「別睡。」雲娘卻忽然拍拍她的手臂。

晴兒勉強張開了眼睛，卻發現不知何時屋梁上聚集了許多的狍鴞，他們興奮地拍著肉翅，怪笑著發出嬰兒的笑聲，她瞪大了眼睛，驚慌失措，掙扎著要坐起來，她要保護她的小寶。

雲娘背過身，擋在他們母子倆面前，低聲說著，「抱好他，妳是他的親娘，他只能靠妳了。至於這些妖怪，我來解決！」

她堅定的聲音，再度給了晴兒莫大的信心，晴兒重重的點頭，城內產婦剛生完孩子，就會被活活嚇死的事情，她也早有聽說。

但是他們家小寶，就只有她一個娘了！

說什麼，自己也不能被嚇死。小寶也不能讓他們帶走，這個孩子剛剛從人世間誕生，她還想看著自己的孩子長大念書、娶媳婦呢！

她閉上眼睛，抱著孩子，往內鋪裡面縮，背對著她的雲娘微微笑了，很好，晴兒很堅強，她可以專心對付這些狍鴞了。

這個孩子剛剛與她有了一些聯繫，絕對不容許這些狍鴞來搶人！

「說吧？為什麼要來人類居住的地方？」雲娘笑得溫婉，唇邊的豔色越發紅豔，雙手幻化成藤蔓，咻咻咻的打著地板。

狍鴞面面相覷，本能的感受到危險，但是狍鴞是一種群居妖怪，有自己的語言，並未學會與人溝通。對他們來說，人，只是一種食物來源而已。

所以聽不懂雲娘問話的他們，只是又尖銳的仿著嬰兒的啼哭聲，張著血盆大口、伸直了利爪，凶狠的撲了過來，然後讓雲娘的藤蔓一個一個貫穿，噴灑出大片的血，交疊在床鋪上頭。

「小寶乖，娘唱歌給你聽，你要乖，聽著歌好好睡……」

床鋪內頭的晴兒，背過身來，語氣顫抖的哄著懷中的孩子，她不看不聽，嘴裡輕柔的唱著兒歌，哄著小寶吸吮他到世上之後，娘親的第一次奶水。

殺戮還在進行，狍鴞的啼哭聲更轉尖銳，生氣的嚎哭著，撲向雲娘的裙襬，一個一個的屍體疊得跟小山一樣。

紅色的血，逐漸蔓延，浸溼了雲娘的鞋襪，逐漸往外散去。

「寶寶乖，好好睡，什麼都不用怕，好好睡……」晴兒的歌謠反覆唱著，在她心裡，只要有小寶跟她兩個人，就是一輩子了。

雲娘的藤蔓垂下來，上頭還在滴血，只剩下最後一隻狍鴞了，他恐懼的看著同伴的屍體，羊蹄般的腳慢慢往後退，直到碰觸到了門框，他才尖銳的啼叫一聲，往外奔去。

雲娘的藤蔓欲追，暴漲了數尺長，狍鴞卻已經逃得飛快，離這裡很遠了，雲娘慢慢收回手，遙望著狍鴞奔逃的身影。

讓他逃了。

好半晌之後，她回頭，看著不斷反覆唱著歌謠的晴兒，「沒事了，你們沒事了。」她的胸口不斷起伏，這次的狍鴞比起以往，數量多了很多，而且又是正面迎敵，對她的消耗相當大。

「哇嗚……謝謝妳……」

稚嫩的少婦，抱著懷中新生的嬰孩，轉過身之後，忽然大哭了起來，撲向了雲娘的懷中，她裙襬底下堆積如山的屍體，恐怕就是今天要將他們吞吃入腹的妖怪吧！

「再讓我看一眼孩子吧……」雲娘臉色慘白，無力的抬起手來，正要接過嬰兒，卻一時脫力，昏昏沉沉的倒在浸滿血水的床鋪上。

雲娘忽然昏厥過去，嚇得晴兒又是一陣尖叫，但她尖叫完，看著嚎啕大哭的小寶跟昏死在床鋪上的雲娘，內心忽然頓生勇氣，雲娘救了她，那她也不能什麼都不做，就讓自己的救命恩人躺在這汙穢的地方。

她抖著膝蓋，勉強自己站起來，顧不得剛生產完的習俗了，趕緊開窗讓這一屋子的血腥氣味散去，然後燒開了熱水，照顧著自己的救命恩人。

不過這小山似的妖怪屍體，到底要怎麼辦呢……

晴兒邊打掃邊煩惱著。

那天之後，雲娘就常常往晴兒家裡走動，畢竟這個孩子是由她親手接生下來的，她總覺得對這孩子有份特別的情感。

最後，晴兒乾脆讓小寶認了雲娘當乾娘，這個差點死於妖怪之腹的孩子，這輩子就有了兩個娘，好加倍的疼愛他。

至於狍鴞，最後遁走的那隻，其實是雲娘特意放走的，他的身上結了豬籠草的種子，跟隨他回到巢穴之後，落地發芽，在一夜之間不斷的繁衍，趁著天清未明的時候，乾脆的吞吃了大大小小的狍鴞。

對植物妖來說，正面迎敵總是吃了點虧，不過背後偷襲，就沒有這個問題了。

那一個晚上，雲娘人還躺在晴兒家的床鋪上昏迷，卻反而讓神識離體，她操縱著神識，把整個狍鴞巢穴絞殺得一乾二淨。

那時候的她，還沒有發現，花魂出身的自己，竟然已經深深喜愛上了人類，喜愛這個喜怒哀樂皆誇大無比，卻又壽命極其短暫的種族。

她被水煙的情感啟發，萌發了神識，卻因孤獨一人而歸屬在人類的眷族裡，她受到人類的惡意，也受到人類的善意，她的生命因為小寶而與人類有了連結，她是小寶的乾娘，也是所有人類嬰孩的守護神。

她寶愛人間的孩子，而這份喜愛，將成為她之後眷留人間千年的原因。

此時離京城遙遙數百里之外的高原，人間的戰場又起，帝王將相的野心，靠的是黎民百姓的鮮血成就。

在他們功成名就之後，稍微有點良心的，會記得大肆加封死去的將帥以及士兵們，只是屆時黃土一抔，誰又曾記得戰場上的無情廝殺聲？

戰場上的聲聲吶喊，吶喊著征人不得歸家，吶喊著遙遠家鄉裡，那猶在深閨之間的夢裡人；馬背上的旗幟飄揚，卻飄不回那日思夜想的家門前。

月光映照著森森白骨，一個個空洞的眼眸，無語的望著夜色，彷彿在控訴著，權力與野心，從來都沒有在歷史的洪流中絕跡……

水煙在戰場上，領著一大隊的陰差，深深皺起了眉頭，雖然說他們早已見慣生死、親身穿梭陰陽，卻仍然為了這一大片焦黑的泥土而感慨萬千。

因為戰時的炙熱火焰燃燒，一地的土燒得焦黑，見不著一絲的雜草。游離在這四周的魂魄相當的多，他們茫然的看著大地，舉目所見，皆是自己與敵方的屍體。

明瞭了自己已經死去的事實，他們不管身上穿著什麼樣式的戰服，都紛紛抱頭痛哭，誰無家人？大家會奮勇廝殺，就是想回到那平和的家鄉。

可是就這樣死了，永遠、永遠回不去了。

亡魂們痛哭失聲，累得水煙還要一個一個拉開，分派給底下的陰差，挨個兒點清了姓名跟籍貫，還有年歲等等生平資料。

點明了之後，就百人列一隊拉回陰間，交給後方支援的陰差分配居住的地方，等待輪迴至來生。

而這樣煩悶又無趣的差事，他們已經持續整整三個月了，亡魂的數量從原先擠滿了整個高原的景象，到今天逐漸縮減成一小撮的聚落。

陰差們個個都累得精疲力盡，巴望著早日回到陰間好好休息。

「這是最後一批了！水煙大人，我們過兩天應該就能回去陰間歇息吧？」陰差們苦不堪言，垮著肩頸在水煙身旁抱怨著。

「快了快了！回去之後，我請所有人一起去吃酒。」水煙咧開嘴，手裡一把羽扇搖搖，發下豪語，迎來一陣歡呼聲。

所有人都要坐上酒席的話，水煙這一趟來人間的福報就幾乎消耗殆盡了。但他無所謂，他又不存來生的想望，不如讓大家快活一些。

他敲敲身邊陰差的腦袋，「這樣行吧？大家動作再快一點，爭取今天就回去啊！」

「誰都知道，跟著水煙大人幹活是最有福氣的啊！」陰差們屁顛屁顛的跟著水煙，做著最後的巡視，可不能漏了任何一個魂魄啊！

不然在戰場上這種怨氣深重的地方，弄得一個不好，就讓乾乾淨淨的人魂成了魔也說不定！

「少耍嘴皮子了！」水煙笑罵著，「你們幾個往右邊高原去，我到懸崖下看看。」

水煙一個人緩步踱行，飄在懸崖上方，一吋一吋往下墜落，在直至溪底的時候，他跟一顆殘破的頭顱，對上了眼。

頭顱眨眨眼，水煙搖搖扇。

這下子可不好啦，要詐屍了！水煙抬起了眉毛，趕緊趨前。

他替頭顱搧搧風，卻意外迎面吹來一陣屍臭，他皺眉呸了幾口，又立刻開口，「老兄你死啦！不要作怪了，快點出來，我們好帶你回去陰間報到。」

頭顱的眼珠轉了一圈，神色茫然，明顯聽不懂水煙在說什麼。

水煙無奈，又嘆口氣，「對，不管你生前從何而來，你這一生就至此結束了，快出來吧！我們要帶你走了。」

頭顱聽至此，一臉如遭雷擊的表情。

「我、我還、我還以為我只是被土石壓住，身體才不能動彈……」

頭顱一張口，腐爛的氣味隨之而來，他落下淚，哭得悽慘無比，他梗著這一口氣，就是想等到有人來救他！

沒想到，幾百個日夜過去了，他還是在這裡，望著懸崖上的樹枝，日日夜夜癡癡等待。他只差一點，就要癡迷成魔了。

水煙明瞭的點點頭，這三個月來，這種場面他已經司空見慣，他又揮揮扇子，「那你快點出來吧，最後一批要走了！」

頭顱愣了一下，張口囁囁嚅嚅，好半晌才說出一句話來。「我不要，我要回去看我妻子。」

水煙也愣住了，深深吸一口氣，沒好氣的說，「不行，你已經死了。」

「我要回去看我妻子！」

頭顱很堅持。

「不行，你死了，死得剩一顆頭，你回去會嚇死她。」

水煙的耐性即將消失。

「我、要、回、去、看、我、妻、子！」

頭顱習得跳針技能。

水煙又用力吸了一口氣，誰能來告訴他，為什麼這個爛得只剩一顆頭的傢伙，會這麼固執啊？他伸出手，扇子一勾，乾脆的把魂魄從體內勾了出來。

這麼頑固的傢伙少見，不過也不是沒有辦法的！他都當到陰官了，處理這種事情司空見慣，小菜一碟！

他左手甩著鐵鍊，把這個哭哭啼啼，剛剛噙著淚含糊的說自己叫做左加蘭的傢伙，一路拖回了高原上頭。

他跟其餘的陰差，眼見收拾得差不多了，人魂的數量也跟冊子上清點的一模一樣，他揮揮手，把陰間的通道打開來。

按照道理來說，陰間與人間的通道不能任意開啟，但這一大隊人魂，閻王為了加快人魂歸回陰間的速度，特別在這高原上開啟了特殊通道，方便陰差們行走。

陰差列隊帶著人魂，兩兩一排，慢慢走了進去，忙了好幾個月，終於能夠回到陰間了，陰差們忍不住彎了彎嘴角，沒想到自己會這麼思念這個地方，回去之後好好梳洗一番，就等著水煙大人的酒席吧！

不過就在最後一排人魂走進去時，一個殿後的陰差回頭，疑惑的看著水煙，「水煙大人，您不走嗎？」

他看著站在外邊的水煙大人，手上還拖著一個人魂，似乎舉棋不定。

水煙揉揉自己的眉心間，右手的扇柄無奈的敲著大腿一下又一下，嘆了一口氣才說，「你們先回去吧！我帶這個傢伙回他家鄉，看一下家裡人。」

他指指後方哭聲不歇的左加蘭，那一陣陣的嚎哭聲，實在是讓人頭痛啊！

最後一個陰差了解的點點頭，流露出同情的表情。

這種事情屢見不鮮，只要是沒有太出格的心願，他們通常都會幫著人魂解決，反正這種的抓回去報到，也是成天想著該如何逃回陽間而已。

不如在現世就解決掉比較好。

「那水煙大人，我先走了啊？」他搓搓手，不好意思地開口，「大人您回來之後，記得要找大家喝一杯啊！」

水煙送走了最後一名陰差，轉身看著又驚又喜的左加蘭，「好了！現在你可以說了，你到底住在哪裡？我們得去哪裡找你那見鬼的妻子！」

左加蘭立刻蹦跳了半天高，被水煙瞪了老半天，才吶吶的飄下來，趕緊開口，「小的住在京城外郊一里處……」

水煙唰一聲，羽扇往外一搖，兩個人往天上飛去，嚇得左加蘭鬼吼鬼叫，一雙腳不住的亂蹬。

「你敢再這樣亂動，我就把你從這裡扔下去。」

水煙惡狠狠的威脅，他討厭這樣善心大發的自己，尤其這個傢伙一點都搞不清楚狀況，都死透了，還怕這一點高度？

真不知道他在行軍的途中是怎麼活下去的，水煙搖搖頭。

一路上左加蘭嚷嚷個沒完，水煙得忍耐萬分，才不會把他往下一扔了事，他在人間沒有任何的家人，他也不想回到京城，雖然歲月變遷，皇位早已易主，但……

他的右手腕間一陣疼痛，他低頭看著月牙印記微微發紅，沒有原因地，心情更加惡劣了。

飛了好一陣子，他們在京城外緩緩飄落，水煙一把拉住興奮過度，正想拔腿就往家裡跑的左加蘭。「你給我安生一點！」

在剛剛的飛行途中，他已經知道了左加蘭這傢伙會這麼著急的原因，讓他連死了也要回家看一眼的執念，就是因為他的妻子在他被徵召的時候，已經懷有身孕了。

現在算算時間，也該是腹中胎兒呱呱墜地的日子了。

而左加蘭心裡思思念念，就是惦記著回家看自己的妻子一眼。人家俗話說得好：生得過雞酒香，生不過兩塊板。這個準則，千古皆然。

左加蘭就是怕自己的妻子，會有個什麼三長兩短，所以說什麼也一定要回來一趟，生要見人，死要見屍，他沒盡到一個做丈夫的責任，總不能連自己的妻子是生是死都不知道吧！

「我知道你很著急，但你可別亂跑，增加我的麻煩啊！我跟你說，人魂在世飄盪是很危險的，尤其像你這種剛死的大呆瓜！」水煙細細叮嚀，想想實在不保險，又把鐵鍊喚出來，緊緊纏住左加蘭的腰。

「我只想快一點看到我妻子啊！」

「慢慢走，你都死了大半年，沒有差這一時半刻。」

左加蘭對於這種階下囚般的待遇，倒是不以為意，只是可憐兮兮的指著城的方向，示意水煙能不能再加快腳步一點！

「水煙大人，您老人家要是走不動，我來背您吧？」

左加蘭急得亂出主意，水煙只好邊翻著白眼，邊怒吼，「不用你瞎操心！」他雖然綁著左加蘭，卻被他在前頭扯著走，兩人一路趕，很快就到了左加蘭的家。

水煙一看，家徒四壁不消說，差點連門都要掉了。

他們兩個穿牆進去，左加蘭的妻子背著一個嬰兒在庭院中，正坐在水盆旁，不斷的洗刷著衣物，左加蘭眼眶紅了，心下了然，自己的妻子這是攬了活回來做了。

這個家，本來就只有自己一個男丁。現在……又更加悽慘無比了。

這戰亂到底讓不讓人活啊？

他抖著手，輕輕靠近自己的妻子，一雙手抬了又放，就是捨不得摸一下髮妻疲倦的臉龐。

「水煙大人……」左加蘭大聲嚎哭了出來。「她是我的青梅竹馬，我們兩個五歲就認識了啊！五歲啊！」他的手用力的比給水煙看。

「五歲我就準備考秀才了。」水煙搔搔頭，這左加蘭的嚎哭聲簡直魔音穿腦。

左加蘭不理會水煙，蒼白的魂體，劇烈的抖動著，「我們雖窮，但是我沒讓她吃過這種苦啊！從來沒有啊……」左加蘭哭得雙眼通紅，「我要回去！我一定要回去，我要親手抱我的孩子！」

他離成魔，只差最後一點了。他的執念無法可解，除非穿越生死，但是人死不可復生，這可不只是一句安慰人的空話。

水煙無奈，嘆一口氣，手上的扇子輕輕一點，「你睡一下吧……」

左加蘭的魂魄緩緩軟倒，仰躺在水煙的手臂上，像是一張輕飄飄的人皮紙，水煙心下知道，如果自己現在不當機立斷，恐怕左加蘭就要成魔了。

他抓起左加蘭的手，在他妻子的眼前，揮了幾下，「我帶他走啦！妳別記著、別念著了，來生要是有機會，你們倆再見一面吧！」

話說完，水煙就邁開步伐，選了個方向，穿過牆壁往外走了。

左加蘭的妻子毫無所感，完全不知道自己的丈夫回來看過自己，只有背上的嬰孩，彷佛從睡夢中被驚醒，忽然嚎啕大哭了起來。

還有牆上一株剛發芽的植株，迎著風，輕輕搖擺了幾下。

帶著轉醒之後垂頭喪氣的左加蘭，水煙終於回到陰間了，先是完成了核對身分的程序之後，他準備讓左加蘭去排隊登記投胎，沒想到，這傢伙卻死死不肯，嘴裡嚷嚷著他不要投胎。

水煙連問都懶得問了，想也知道，還是為了他的妻子。

他的執念無法可解，萬幸這裡是陰間，左加蘭身上的魔氣已經消散得幾乎沒有了，就算他要抱著這樣的奢望過上數千年，也不會妨礙任何人，頂多就是在陰間飄飄蕩蕩，成為一個生無所託的人魂罷了。

不過在那之前，他應該就可以等到自己的妻子了。

水煙直接把左加蘭帶回了自己的一樓小宅，反正空間雖然小，多擠一個人魂也沒有什麼差別。

「你有空出去走走，找個地方落腳，晚點我讓接引人來找你。」他交代了左加蘭幾句。

左加蘭仍然一臉頹喪的樣子，也不知道有沒有把水煙的話聽進耳裡。

「別想了，你就留在這吧，想等多久就等多久，你的妻子終有一天要來這裡，跑不掉的。」水煙開解了幾句，眼看沒什麼效果，也乾脆的闔上了大門走了。

水煙出門之後，一路往大街上最大的酒肆趕路，他約齊了這次跟他一起上陽間的陰差們一起吃酒，準備好好慰勞大家一番。

他一進了酒肆的門檻，就立刻受到陰差們的熱烈歡迎，水煙咧開嘴笑，「早知道你們肚子裡的饞蟲都等得不耐煩了！」

「是啊是啊，但我們可是都等著水煙大人呢！」

「就你會說話，掌櫃的，有什麼壓箱底全都拿上來！」他大手一揮，先是叫上十甕的上好紅曲酒，接著再點，跟店家點來了蜜酒數罈！

所有的陰差歡呼一聲，湧近了酒甕，七手八腳的撕著上面的封紙。

店老闆眉開眼笑，這些酒價值了大半年的福報，這陰官水煙，還真是捨得花啊！他立刻叫上夥計送上，一罈一罈絕不間斷，這可是賺大財的機會啊！

這場酒宴，持續了大半夜，鬧得人仰馬翻，大夥都喝到神智不清，還不斷吼著要店老闆再拿出一些偷藏在樓梯底下準備嫁女兒的酒。

鬧得掌櫃可不高興了，說那是他準備給女兒冥婚用的，可不能讓人喝了，他氣呼呼的上樓，隨便這一大群胡鬧。

最後，水煙實在喝得太多，倒在長椅凳上，一個人呼呼大睡。

陰差們把桌面上所有的酒都喝光了，還去搖搖水煙的肩膀，發現他是真的睡死了，才彼此揮手再見，各自回去。

今天晚上點了最多酒的水煙，一個人孤零零的躺在椅子上。

店主人從樓上一探，見怪不怪，他下樓關上了店門，也到自個兒的房間內去歇息了。

這陰官水煙，每每辦完差事，總是要這樣大宴一場的。

他們早就已經看慣了，也知道水煙的酒品不錯，放他一個人在這，天明了自然會去打水醒酒，然後再搖搖晃晃的打開後門回家。

等到店裡一片漆黑，躺在長椅凳上呼呼大睡的水煙，才緩緩睜開了眼睛，從窗子看見了外面夜色中的一抹圓月。

他扳扳手指，算了一下日子，才恍然大悟，啊！原來是十五了！

人家說月圓人團圓，不過他孤身一縷魂魄，又要去哪找人團圓呢？他心下湧起孤寂，又隨即晃晃頭，想這做什麼？

不是早就發誓過，永遠只為自己而活了嗎？

今天自己這是怎麼了？

想到自己的誓言，他立刻爬起來，拿起桌上的酒瓶，往嘴裡一倒，卻乾巴巴的只有幾滴酒水，落入他的喉中，他嘆一口氣，放下瓶子。

又一個人轉身，在長椅凳上抱著膝蓋，從窗子望出去，飽滿暈黃的月色，灑落在靜靜的巷道之間。

唉……

他輕輕撫摸著手腕上的月牙印記，帶左加蘭回去的時候，印記曾有一小段時間，微微發紅了。

但他太過畏懼，他不想知道人間跟自己還有什麼聯繫，因此他逃了，忽略那種異樣的感受，帶著左加蘭飛快地逃走了。

牆上一株剛發芽的植株隨風搖擺了一下之時，京城裡的雲娘猛地抬頭，胸口的月牙印記滾燙到她幾乎疼了心。

她抖著手，往外奔去。你別走，千萬別走，等等我。

她的淚滾下了臉龐，數百年了，他們之間唯一的聯繫終於有了一絲反應，但她卻更加畏懼，畏懼這只是一場空想。

雲娘縱著狂風，越過了大半個京城，落在京城外一處宅子外頭，這是自己乾兒子小寶的家，也因為自己暗暗庇佑著小寶，在屋外植下了一整片的豬籠草，才能夠意外感應到那人的氣息。

今日身在鋪子裡的她，忽然感應到那人的氣息，只一瞬間，她縱著狂風，直奔而來，心臟即將從胸膛躍出，卻在落地時如墜冰窖。

胸口的月牙印記已經平息，再也感受不到那人的氣息，她跌坐在地上，淚水慢慢墜入地面，形成一個一個水痕。

那人，已經走了。

沒有留下任何蹤跡，就這樣走了，他不知道自己不斷地在尋找他嗎？

她摸摸胸口的印記，那人身上必定有著這樣的月牙印記，可他是遺忘了，還是不願再想起？

人間對他來說，必定痛苦萬分，才會辭世而去，但是還有自己啊，自己因他而萌發意識，因他而漫遊人間百年，那人，為什麼不願意停駐一刻？

只要一刻就好了啊！只要再稍稍等一下，自己就能見著那人，見著那個曾經與自己締結契約的人，她還小心翼翼的記著他的名字，他卻已經通盤捨去。

唐之殷，天大地大，你又在何方？

她茫茫然的伸出手，觸摸著小豬籠草的鮮綠色葉片，她與此株共享所見到的一切，她終於看見那人的臉龐了，他年輕了很多，臉上掛著笑，手裡搖著扇，身上的服飾是陰官吧？

自己曾經見過的服飾，在瀕死之人的身邊見過的。

那人痛恨人間至此嗎？寧願久居陰間，也不願意踏上來世。

難怪自己百年來，怎麼找都找不著，畢竟相較於人間，陰間又是自己無法跨足的地方啊，這樣說起來，自己的等待竟然毫無意義，他們生活於兩界之中，永遠不會有交集。

她粉白的臉龐，不斷落下淚來，看著虛空，自己竟然是被遺棄的，為什麼要讓我以花魂的姿態出世？無根無蒂，沒有族群、沒有落腳的地方。

雲娘掩面，不斷痛哭。

第四章　珥蛇現世

雖然水煙仍是弄不懂日前心裡異樣的感受，但日子仍是要過，暫且揭過不提吧，眼前陰間又發生了大事。

六道三界，陰間可以說是維持平衡的重要關鍵，天界一直以人界的管理者自居，但是對於人魂的輪迴等運轉之事，是不太管的。

天、地、人三界，就是靠著陰間居中協調，才能夠千百年大道不墜。

因此陰差、陰官的差役，除了接引已死的人魂、管理人魂轄區的秩序、登記投胎轉世的諸多事項以外，還幫著安撫整個三界的駐地之靈。

這裡說的駐地之靈，幾乎都有了千萬年的年歲，他們在天地剛形成之初誕生，安攘了三界，最後因為靈力太過強大，影響了三界運行，因此彼此協議，最後選擇沉眠，他們沉寂於大地之中，鮮少甦醒，幾乎不干涉世事。

這些久遠的記載，最後落在了陰間閻王的手裡，只有他知道駐地之靈的正確位置，以及各自的喜好，他率領著陰間眾多人魂，接下了祭祀之職，年復一年的安撫著駐地之靈。

畢竟當初協議沉眠大地時，並不是所有的駐地之靈都是贊同的。只是他們自知如果不肯沉眠，恐怕三界不能真正的自由，才會選擇以沉睡作為延續的唯一手段。

水煙今天奉了京玉的命令，率領了一隊的陰差，準備到陰間的邊境——陰崎之山，祭祀沉睡於山下的珥蛇。

珥蛇就是當初開闢陰間的駐地之靈，他雖然說是蛇身，卻幾乎蛻變完成，只要穿山而出，即可飛升成龍。

但因為陰崎之山雖然位處邊境，卻支撐著陰間與人間的防線，只要這條珥蛇飛升上天，必定得破壞地勢，造成兩邊的紛紛擾擾。

因此傳說珥蛇心慈手軟，早早就撒手沉睡，將陰間還給了人魂自行治理。

今天水煙就是來舉行百年一次的祭祀，他身後的陰差，扛著大大小小的供品，包括各種吃食、書本、玩意，囊括了幾十種的物品，待會通通埋入山下，準備作為珥蛇的祭品。

「水煙大人，咱們待會回城是不是……」

幾個熟悉的陰差，賊頭賊腦的笑著，來這一趟邊境之地，越靠近珥蛇的地方，越不得使用術法，讓他們一行人幾乎足足走了三個日夜，看來水煙大人返程之時，必定又會宴請大夥一番。

水煙走在最前頭，一身雪白的衣裳隨風飄，他們已經進入地勢起伏的地帶，他仍然健步如飛，不以為苦。

「行行行！就知道你們心裡在想什麼，大夥再加快腳步啊！」

後方的眾人歡呼一聲，果然更加起勁的抬著供品，隨著腳程的加快，一行人迅速的登上了山頭，往下一望，整個陰間一片黑乎乎的大地，綿延了數千公里，只有遠處一點燦紅，那是彼岸花的領域。

大家照著以往的慣例，挖開了山頭的小坑，一點一滴的投入眾多的祭品，沒有人知道這些祭品最後的去處，說實在這條珥蛇也已經好幾百年沒有甦醒了，根本沒有人看過他的真面目。

大夥興高采烈的挖著挖著，好不容易抬來的供品幾乎都落了坑內。

但說也奇怪，入了坑底，供品轉眼就消失不見，陰差們敬畏的雙手合十拜一拜，嘴裡喃喃念著，「蛇神保佑、蛇神保佑，早點讓我攢夠了福報，就要去挑個好人家投胎了！」

水煙沒好氣的翻翻白眼，這條蛇已經存在了上千年，根據傳說也睡了個幾百年，最好是拜他會有什麼鳥用處啦！

他蠻不在乎的踩踩坑頭，「拜託，你們要拜他不如拜我，這條蛇都睡死了！」

底下一群陰差看著他意氣風發的臉，一瞬間又想起水煙的酒席，頓時轟笑成一團，說的也是，拜拜水煙大人，說不定都比拜這條睡到不知天日的大蛇實際一點。

「是！水煙大人，您才是我們的活菩薩！」陰差笑鬧著，邊把最後一點供品扔入坑內。

「算你們識相！待會回程的時候，找間城外的酒樓大夥先歇息一番，不用這麼早回去回報差事！」水煙一聲令下，又是一陣歡呼。

就在歡呼聲中，前排舉著雙手的陰差們，卻臉色齊齊煞白，抖著雙手舉在半空中，後頭的陰差不明所以，撥了撥他們，也向前探出一顆頭來。
但不看還好，這一看，全都瞪大眼睛。
水煙仍然不明所以，「幹什麼你們？活見鬼了！」他邊打趣這群陰差，邊自顧自大笑，他們自己就是鬼，還有什麼好怕的呢？
這時陰差們打著哆嗦，全都一步一步向後退，平時操練的時候都沒這麼整齊過，讓一個人站在坑頭上的水煙嘖嘖稱奇。
「幹什麼？想嚇小爺我！」
陰差們退了一步又一步，水煙終於感到不妙了，背後怎麼好像有人在看自己？一股炙熱的視線瞪著自己，快把自己的背給瞪穿一個洞了，他微微轉頭一看，嚇得哇一聲大叫，手腳並用地摔入坑底。
陰差們一看水煙沒了影，立刻全部撒開腳，連滿地的木箱都忘記收拾，一溜煙的跑了個沒影，留下水煙一個人摔在坑底揉屁股。
「唉唷，痛死我的娘了！」他揉完了右邊換左邊，一抬頭，坑上正有個少年，雙眼亮晶晶的看著他。
「你這傢伙是誰啊？冒冒失失的從我背後冒出來，貼壁鬼都沒你這麼可怕！」水煙沒好氣的抱怨著，拍拍腰上的沙，準備自力救濟從坑底爬出來。

「咦?你不怕我?」坑上的少年滿臉好奇，看著水煙慢慢爬上來，還搭了把手，讓他一鼓作氣翻出坑外。

「怕你做什麼?」水煙一望，大夥都跑得無聲無息了，唉唷我的娘，這些木箱，他都要一個人扛回去了?

「你不知道我是誰?」少年更加興奮，指指他們腳下的山，想要給水煙一些提示。

「你誰?珥蛇唄!」水煙任命的開始堆疊著木箱，想著要用什麼樣的法子，才能將這些大大小小的箱子通通運回去。

「哇!你好厲害!」少年滿臉崇拜，一點都沒想到，水煙竟然這麼快就知道自己是誰，難道自己幾千年沒出世了，現在的人魂都這麼聰明?不過他轉念又想，「那你為什麼不怕我?我可是珥蛇!」他挺挺胸膛。

水煙終於捆好了一疊木箱，嘿咻嘿咻的綁在自己的背上，「怕你做什麼?」他還是這句話，想想又回頭喊了一句，「難不成你會把我吃了?」

珥蛇一聽，頓時大樂，難得碰上一個不怕自己的!

他立刻變出真身，(其實只是幻影，他可不想把自己家給拆了)，珥蛇的真身騰空籠罩著水煙，一個碩大的蛇頭蓋在水煙頭頂，張開大嘴，嘶嘶的吐著蛇信。

「吃了你也未嘗不可啊!」

珥蛇喜孜孜的威脅著。

水煙繼續邁開步伐準備下山，他連頭都沒回，眼皮不抬的說，「別傻了，你的供品內都是素的，你這隻吃素的珥蛇想嚇誰？吃了我不怕拉肚子？」

珥蛇的供品是他一手按著清單準備的，照著過去幾千年的慣例，從來沒有上供過葷食，他就不相信這隻珥蛇難得醒來，就想大口吃肉，他不知道慣吃清淡的人，一旦碰到血肉就會鬧肚疼嗎？

「呃、我就想咬著玩不行？」珥蛇被說得啞口無言，整個蛇頭脹得通紅。

「好啦！醒了就快回去睡，不是傳說你得鎮守這座大山，不能恣意妄為？」水煙像是哄小孩般，拍拍不知道真身到底有幾公尺長的珥蛇，安撫他快點回去他的老窩睡覺，免得攪了人間跟陰間的安寧。

「我才不要！」珥蛇一晃腦，又變回秀氣的少年，斯斯文文的跟在水煙身後，從懷中掏出一片水煙剛剛上貢的仙貝，啃得津津有味，「我快無聊死了，而且當初跟那群老傢伙們談好的規矩是蛇身不得出山。」

他嘿嘿一笑，「但是我現在只是分裂了一抹神識，只要沒有違反規定，我想去哪就去哪！唷呼～」他蹦跳得像是個孩子。

水煙扁眼，看著珥蛇手上的仙貝，他當初在準備供品的時候，就覺得有點奇怪，怎麼盡是一些小孩子家的吃食，現在一看珥蛇的性格，果然跟小孩子也差得八九不離十。

「隨便你，但是你不要跟著我。」水煙駝著木箱，慢慢走回去，走了大半天，還要應付這隻好奇心過剩的幼兒蛇，累得他口乾舌燥。

「不要咧～」珥蛇咧嘴一笑，手腳並用的纏上水煙，雖然因為只是一抹神識，所以沒有任何重量，但是這畫面能看嗎？

水煙頓時臉上三條黑線。

「給我下來！」

「不要～仙貝好好吃，你還有沒有？」

「快點從我背上給我下來！」

「我不要～上次你們準備的桂花糕好香好軟，這次怎麼沒有了？是不是你懈怠不盡責！」珥蛇在水煙耳邊嚷嚷著。

「……人家大人去投胎你快給我下來！」

水煙忍耐的抽抽太陽穴，為什麼他最近總是遇到這種自以為是、不可理喻、聽不懂人話的傢伙？左加蘭是一個，這隻幼兒蛇也是一個，難道他天生有種氣質，專門吸引這類傢伙的光臨？

「別鬧了，你貴為珥蛇，想找誰玩都可以。」水煙乾脆坐在路邊，讓身後的珥蛇滑溜溜的滑下去。

但珥蛇轉了一圈乾脆癱在他的大腿上，瞅著他。

「不怕我的人很少……」珥蛇烏溜溜的眼睛，襯在秀氣的臉孔上，顯得特別蒼白無助，他低下頭，狀似委屈，「我睡了幾千年了，好不容易學會如何分裂神識……我從天地誕生，我無父無母，我……」

「行了行了！」水煙大喊一聲，無奈的撫額，這些個傢伙是怎麼回事？硬的不行來軟的？「跟著我可以，但你能不能好好走。」

珥蛇藏在陰影底下的眼睛，一瞬間燦爛地笑開，他跳起來歡欣的大喊，「行～走路這點小事我還會！」

水煙萬般沉重的駝著木箱往前走，背後一隻幼兒蛇歡欣鼓舞的扭著腰，左踏右踏，他剛剛都是用飄的，不過既然眼前的「玩具」要他好好走路，那他就好好走囉！

嗯……最後一次看到的凡人，走路的樣子到底是怎樣呢？

幼兒蛇扭得很歡，水煙卻覺得自己滿頭烏雲。

帶著這隻幼兒蛇，該不會讓自己的陰差人生，提早結束吧？這可不行，該想個辦法，讓這隻幼兒蛇轉移注意力才行！

在他左思右想的時候，珥蛇扭得腰痠，好奇的問了一句，「欸欸我們可不可以用飛的？

我走得腳痠了，你到底要去哪裡？」

水煙還在沉思，只揮揮手回答他，「這裡不能飛，據說會惹珥蛇不開心。」

珥蛇沒被水煙的三言兩語打發，他嘟著嘴想，這珥蛇指的不就是自己？那自己腳痠了要飛，絕對不會不開心呀！

所以……那我們就飛吧！

他歡呼一聲，撲向水煙的後背，當場騰空起飛，在陰間的夜空中快速的向前飄飛，兩人的衣袖在狂風下發出獵獵的聲響。

「快說快說！我們要去哪裡好呢？」珥蛇飛得很歡，水煙倒是一臉無奈。

水煙頭痛的想，陰間的人口雖多，但是戶籍制度相當嚴格，更不用說每一戶的人魂數量都是登記在冊的，他們這樣堂而皇之的闖回人魂居住轄區，恐怕會引起騷動……

但沒想到只在他沉思的片刻，珥蛇按著他隨手指的方向，一溜煙就駝著他飛了好遠！

一隻青色的大蛇翱翔在夜色之中，陰間與人間是共享同一個月亮的，在月光的照映下，珥蛇通體發亮，遠看著像一隻上好的青玉雕成的小龍。

他們直接降落在人魂居住轄區的外城門，珥蛇倒是聰明，一落地就幻化為少年模樣，只是沒個正經，又攀在水煙肩頭，一副柔弱無骨的模樣。

水煙頓時嚇了一大跳，怎麼這麼快就到了？他心裡還沒有個主意，只能心煩意亂的讓珥蛇在後頭跟著，他一望城門，隨隊的陰差都還沒到，大概自己飛在他們的前頭，反而比他們早抵達吧！

珥蛇纏著水煙，兩人黏成一塊麻糬，穿過了城門，水煙輕飄飄的進來，珥蛇卻被遠遠彈開，整個人魂居住轄區，發出淡藍色的光芒，不斷鼓動。

珥蛇愣了一下，翻了幾個跟斗，倒是氣呼呼地罵，「這什麼破門？我要跟著我的玩具進去啦！」他深深吸一口氣，大大鼓起了清秀的面頰，怒目而視，頓時風雨欲來。

城區守護官如潮水般的湧出，舉起了刀劍，怒目瞪著觸動禁制的清秀少年，為首的隊長，大喝一聲，「來者何人？為何擅闖人魂轄區！」

珥蛇手扠著腰，千百年前，六道三界尚未有明確的分野，這一大片陰間的土地可是他一手安攘的，就連首屆閻王對他也是客客氣氣，何曾這樣阻擋過他？

他的本體心慈手軟，自願沉眠於山底之下，但他只是一抹裂出的神識，代表著珥蛇百年來的壓抑，因此他想要隨心所欲，他可沒有這麼多的顧忌。

他深深吸一口氣，眼眸通紅，雙腳已是蛇身的型態，昂首準備摧毀眼前這一大列的陰差們！

水煙他被這劍拔弩張的一幕，嚇得幾乎魂飛魄散，趕緊衝出城門，拉住盛怒的珥蛇，壓低聲音，「你不想這裡的人都被你嚇跑吧？好吃的仙貝？甜得人牙疼的桂花糕？市集？

花海？」

這一連串都是剛剛珥蛇在半空中飛的時候，在他耳邊嚷嚷的，也虧他被嚇得一機靈，趕緊把這些誘因抛出來。

珥蛇的臉色明顯猶豫了。「可是他們不給我進去。」嘟著嘴的他，一雙美目委屈的瞅著水煙看，嘟起微白的雙唇，卻更顯嬌麗。

「……拜託一下，不要用這種眼神看我。」

水煙全身的雞皮疙瘩瞬間站直，他忍耐萬分的繼續靠近珥蛇的耳邊，「你可以吧？不驚動這個禁制就進城，你可是珥蛇啊！」胡蘿蔔與棒子要雙管齊下，再接著拍拍馬屁，包準這隻小珥蛇乖乖聽話。

珥蛇一聽，果然很好哄的點點頭，心情大好，「也對，就來騙騙他們！」

他一搖身，一條青色的小蛇，宛如成人的手腕粗，往城外的草叢窸窸窣窣的遊走，餘下面面相覷的城區守護官。

他們搜索一陣未果，只好轉而質問起水煙，「那隻蛇妖呢？他是你帶來的嗎？為什麼要擅闖人魂轄區？」

水煙搖搖扇子，一臉賴皮，「他是剛剛從邊境跟回來的蛇妖，也不知道打哪來的，可能被我勸回去了吧！」他又笑開，「反正他又進不來，中午到了，我請大家休息一下吃頓飯吧？辛苦了辛苦了！」

他拍著手，吆喝著一整隊的城區守護官，水煙的人緣本來就極好，一聽他要請吃飯，大家也就不疑有他，跟著水煙前往城內最大的酒樓了。

雖然這次因為還在值差當中，守護官們不得喝酒，但水煙這一頓飯，也讓大家吃得眉開眼笑，一直到守護官回去城門當值，水煙才得以脫身。

他先是到了城門處，詢問一下自己這趟任務的隨隊陰差，是否已經歸來？又買了一些小吃食，帶回自己的一樓店鋪。

「嗚嗚，我好想我妻子啊！我又希望她好好把我們的兒子帶大，又捨不得她一個人受苦，你都不知道，我連我兒子都沒抱過一次啊！」

「嗚嗚嗚，你的故事好可憐！世間怎麼有人像你這麼可憐，我帶你回去啦，嗚嗚嗚。」

「真的嗎？你真的可以帶我回去陽間？」

「應、應該吧！」珥蛇縮了縮手，「如果我認得路的話……」

水煙一打開自家的大門，立刻挑起了右邊的眉毛，現在這是在演哪樁？那條幼兒蛇化成人形，正跟左加蘭抱在一起哭？

說到這個左加蘭，水煙心底就有氣，讓他去找接引人，說了好幾次，就是天天垂頭喪氣的待在自家的店鋪內，水煙又是個嘴硬的，要他安慰人比殺了他還快。

他心裡明白左加蘭惦記著陽間的妻子，但是生死兩重天，陰陽兩相隔，這界線又豈是他一介小小的人魂可以打破的？

難道他真的想在這等到自家妻子老死嗎？他可要在陰間浪費五六十年不等啊！但是水煙勸了幾次，左加蘭都當作耳邊風，水煙也懶得再說了。

水煙不想摻和那兩個傢伙，乾脆自顧自的坐在一旁，翻出了自己採買的吃食，開始一口一口的吃著，聊賴之餘聽著左加蘭的嚎哭聲，以及觀賞珥蛇不要錢般的撒著眼淚。

「不就是有個人在陽間等著自己嗎……」

水煙不以為然的挑眉，他可巴不得自己與人間毫無干係，從此一刀兩斷，他永永遠遠都不用回去當個會幹蠢事的凡人，這樣多好？

何況，真的會有個人一直在原地等自己嗎？

他不相信。

但是這兩隻實在哭得讓人耳朵疼……

他乾脆站起身來，親自阻止這場演個沒完沒了的鬧劇，他右手拎起了左加蘭，左手攬住了幼兒蛇，先是對著左加蘭說，「別哭了，我託人去看顧看顧你的妻子行唄？」

又繼續對著珥蛇說，「你跟著哭什麼？想不想吃糖葫蘆？」

一瞬間，左加蘭跟珥蛇都立刻眼睛發亮，崇拜的看著他，彷彿水煙是上天派來解救他們的使者，而水煙看著這個畫面，終於滿意的點頭，然後微微笑。

很好！他哄小孩哄得越來越上手了！

第五章　飄盪人間

左來寶這孩子跟雲娘很投緣。

不說他是由雲娘親手接生下來的孩子，他聰明伶俐的模樣，也很討人喜歡，讓在人間漫遊百年的雲娘，真正第一次跟人世間有了聯繫，左來寶是雲娘的孩子，她總喚他小寶，就跟他娘一樣的叫他。

當時與那人錯身而過，她痛不欲生，好幾天以淚洗面，但小寶卻踩著不穩的步伐，走到她的身邊，拉著她的裙襬，仰頭認真地對她說：「不哭、不哭……」

幼嫩的小手還輕輕拍上她的腿。

那認真的口氣、軟軟的小手，溢滿了最真摯溫暖的關心，她不禁破涕為笑。

雲娘因為來寶開始在意，轉而在意這世間的一切，她特意庇佑著來寶，她有了喜怒哀樂，人間的一切、天災人禍、豐年災年，因為這孩子，雲娘開始在意，她不再是一個旁觀者，不只是袖手看著人世間的一切。

她終於身在其中，她終於不再一個人。

也因此她庇護著整個京城，她將整個京城劃在自己的地盤底下，因為來寶這個孩子是她從妖異嘴下搶回來的生命，注定了一輩子崎嶇的命運。

他從小到大，見過的妖異不計其數，也因為能夠「看見」，就吸引了眾生的注意。

眾生可能不是每隻都想吃他，但是想把左來寶捕捉起來，當成籠中鳥飼養的則是多不勝數，那是一個眾生與世間的分野，仍然混沌不明的年代。

更別說京城具有強大的交會地位，不管是資訊、交通、經濟，都在這個都城來來去去，無數的大妖小怪，或者隱身或者明目張膽，都隱隱於都城之中。

按照這個道理來說，左來寶其實是活不過十歲的。

不過他有雲娘。

雲娘將整個京城劃在自己的地盤底下，她在京城外圍種滿了豬籠草，她每十里便植一株，一整個過度戒備，把京城保護得滴水不漏。

而晴兒母子倆，也被她接到了自己的小花店當中，她展現了一種霸道又強橫的母性，對著雖然不是自己血緣的孩子。

她開始在乎人間是否風調雨順，她希望她的孩子安好成長。

在這樣的狀況下，雲娘當然觸怒了很多各方妖怪，在一開始她戰得相當辛苦，幾乎夜夜都必須為京城守夜，不過在打過幾百場之後，雲娘與一票的妖怪不打不相識，終於也知道要讓條路給人家走。

最後只要想進城的妖怪，事先跟雲娘布在城外的植株打聲招呼，通常可以暢行無阻的在京城內行走，雲娘儼然成為京城的一方守護神。

這些事情，凡間只有一人知道。

還記得國師嗎？他親眼見過雲娘的美貌，他垂涎雲娘妖人的身分，他帶隊搜索了整個東街店鋪，雲娘的相貌極好，也替她攬來災禍。

當國師找到她的時候，她正牽著左來寶的手學走路。

「跟我走，乖乖讓我將妳獻給皇上，或者妳希望我踏平這裡？」國師很聰明，他一眼看穿雲娘的弱點，他揮揮手，身後的侍衛將左來寶一把抱起。

「你知道我是誰。」雲娘肯定的說著，整個京城之中，就國師一人知道她的身分，也知道她擺平了多大的災禍，國師說過的，那些狍鴞性喜人肉，他們嘗過了嬰兒血肉的味道，終身難以忘懷，如果斬草不除根，後患無窮。

國師湊近了雲娘的耳邊，朗朗一笑，「我當然知道妳是誰。妳可是妖人雲娘。縱使妳再有能耐，也防不勝防吧？」這可不能大聲嚷嚷，如果讓百姓知道，他即將進獻妖人給皇上，恐怕他的名聲就此不保。

「走吧？」國師扶起雲娘的手臂，這可是皇上未來的妃子。他已經建言皇上特地為了這妖女建了一座宮殿，牢不可破的宮殿。

除非這妖女會鑽地術，不然她就要在籠子裡過完她這一輩子了。但如果她會鑽地術，那天也不必從自個的窗子進來是不？

國師想得天衣無縫，他卻低估了皇上的野心。

這一任皇上是有野心的，他剛繼任了父皇的位置，滿朝文武百官他動都沒動一個，包括這個喜愛排場的國師，他還在忍，等一個很好的時機。

他第一次見到雲娘的時候，他只問了一句，「朕放妳走，可以得到什麼？」

「你可以得到百年的平安。我保你在位之時，京城牢不可破。」雲娘淺淺的笑了，她看著皇上手裡牽著的左來寶，深深地覺得不可思議。

左來寶搖搖晃晃地奔向雲娘，雲娘一把抱起這個稚嫩的孩子，凡人的心思難懂，國師要將她進獻皇帝，皇帝卻想利用自己。

未來的左來寶也會這樣嗎？她低頭親吻著他，不管怎麼樣，這時候的來寶全心全意的愛著自己，如同他的母親一般。

她會以相對應的愛回報，守護這座京城，只是順便而已。她抬起頭，「怎麼樣？這筆交易可還划算？」

「千軍萬馬攻城皆不破？」皇帝謹慎的向前一步，眼神裡卻燃起興奮的光芒。

「不破。」雲娘點頭。

皇帝讓她走了，摘了國師的腦袋，這個祕密就跟著國師爛到墳墓去了，她與皇帝從此之後不曾再接觸過，但這個有野心的皇帝卻從未動用到他們之間的承諾，他出兵諸多地域，次次皆凱旋而歸。

雲娘則默默守護著人間京城，沒有人知道她耗費了多大的心力，將這個應該是由血與淚建構起來的皇城守候得滴水不漏，皇帝越好戰，她就越辛勞，但這一切都沒有人提起，更無人明白。

百姓們只覺得這百年來，過得風調雨順，百災不侵，連路上的狗都比往常滋潤多了，他們盛讚皇上恩德、上天慈悲，卻絲毫不知道雲娘的默默守護。

不過這一切，雲娘是一點都不在意的，對她來說，能夠看著左來寶，一生平平安安的長大，就是上天最好的恩賜了。

她隨著日月慢慢化形，陪著左來寶逐漸老去，但是晴兒死了、左來寶也即將要死了，她雖然看似垂垂老矣，卻仍然健在於人世，她是花妖雲娘，終究不是凡人。

她才剛學會入世，卻即將面對殘忍的離別。

「來寶……」雲娘坐在床沿，看著眼前的乾兒子，他的生命之火已然奄奄一息，他的壽命已經盡了，他的家人都讓他趕了出去，他說他有話要跟乾娘說。

「乾娘……」左來寶臉上布滿皺紋，他活到了七十幾歲，在這個時代，已經算是非常稀有的長壽老人了，他吃力的張口，「是我拖累了乾娘……」

雲娘茫然的看著他，那些左來寶幼時的事情，彷彿就跟昨日一樣歷歷在目，為什麼歲月走得如此的快？

一轉眼，他的人生已經走完了。

她以為自己終於找到根，卻不知道凡人死去的速度如此快速。時間不過百年，她茫然不知所以。

「你怎麼會拖累乾娘呢？」她抬手，一遍遍的撫摸著左來寶頰邊的白色鬢髮，心中充滿不捨。她親眼看著來寶學步、長大、娶妻、生子，這一切像是昨日的事情，一切都還沒有褪色，卻已然從手中消逝。

「其實我、我都知道，乾娘不是平凡人，乾娘是為了我，才一直留在這裡……」左來寶率先哽咽了起來，惹得雲娘不斷擦眼淚。

她是為了這孩子一直留在這嗎？

不，她只是無處可去而已。

「不要這麼說，你是乾娘的孩子，你是晴兒跟我的孩子。」雲娘抹抹左來寶臉上的淚，溫婉的笑了笑，歲月過去了，她的笑容依舊。

「乾娘，我想看乾娘年輕的模樣……」左來寶神智開始迷茫，眼神渙散，他的時辰已經到了。

「好、好！」雲娘抹掉眼眶的淚，站了起來，逐漸變回她當年抱著左來寶的模樣，對花妖來說，歲月過得相當緩慢，至少百年之後，她只是微微多了一道笑痕，一切都是化形之術。

她從未變過，但周遭的一切已經物換星移。

「乾娘……妳好美……就如同我夢中一樣。」左來寶滿足的笑了，在他兒時，常常被妖異侵擾，在夢中反反覆覆的哀求著，都是雲娘破夢前來，雙手幻化成藤蔓，一次次打退那些妖異。

這件事情左來寶從來沒跟別人說過，他大略猜想得到，他的乾娘並不是平凡人，但是他私心不想要失去這個跟親生娘親一樣的母親。

他知道雲娘愛他，他也相同的孺慕著雲娘。

所以，現在，才願意放她自由，解開親情的枷鎖。

他讓雲娘回復本來的面貌，就是要讓雲娘自由，她不用守著左家了，她拖著垂垂老矣的身軀陪著自己，自己如果不親手割斷這份羈絆，她恐怕會陪著自己的孫子長大，她不知道終點在哪裡，自己得給她一個終點。

左來寶嚥氣了，他看著雲娘溫婉依舊的臉龐，心滿意足的嚥下最後一口氣。

從此他們陰陽兩隔，永遠不再見了。

雲娘牽著左來寶的手，親自把他的魂魄交給了前來的陰差，並不是那人，雲娘也從來沒抱著這樣渺茫的希望，那人已經幾十年未曾出現在京城了，今天也不會例外。

左來寶掙脫了年邁的肉身，一抹魂魄輕飄飄的，魂魄的年紀是取決於內心的觀想，他恢復到中年的模樣，深深對著雲娘下跪磕頭。

母子倆相對無語，只是淚千行，就這樣讓陰差帶走了，連道別的話都說不出口。

雲娘抬起頭，望著左來寶一路走，耳邊傳來喪鐘般的聲音，百姓們驚慌失措，四處奔走叫嚷著，雲娘聽不清楚他們在哭喊著什麼，只隱約聽見了：「皇上駕崩了！今日夜裡駕崩了！新皇即將即位！」

她心裡一聲清脆的斷裂聲，她抬頭遙望皇城，連綁住自己最後的誓約都斷絕了嗎？她揚起狂風，放聲大哭，她不知道自己該去哪裡？哪裡又是自己落腳的地方，百年了，百年了她仍然找不到自己的歸屬。

這麼久過去，她又回到了原點，這次卻心痛不堪，她本來一無所有，現在卻懂得失去的痛。

她淚如雨下，耳邊的鐘聲不斷，雲娘於人世的最後一點羈絆，被歲月無情的斬斷了。

雲娘茫然的走在街上，她的容顏恢復到七十幾年前，但是路上的行人卻沒有半個人認出她來，她就像是不存在這世間一樣，畢竟晴兒死了，左來寶死了，當初那些比她年紀還大的街坊鄰居也全都死了。

沒有人記得她是誰。

那她何須繼續行走人間？

她走到自己開了幾十年的花店，店內花草鮮豔依舊，牆角桌上的豬籠草經過這十幾年來，長得碩大無比，雲娘閉上眼睛，眼淚從眼眶滑落，右手化成利刃，揮刀斬落豬籠草的大片莖幹。

葉子被胡亂的砍飛，飄落在地上，雲娘猛地從喉頭吐了一口血，唇邊一陣豔紅。

她親自毀損真身，這幾十年來修煉的道行都不要了，再斬落了數刀，雲娘的喉頭一陣甜膩，嘔出一地的鮮血。

那叢巨大的豬籠草，最後竟只剩小小的一苗，她雙手捧了起來，如同幾百年前，從皇宮的晨曦中走出的那一天一樣。

花了這麼久的時間，她學會了穿人間的服飾、說人間的話、甚至開了一間鋪子，但是天下之大，她還是不知道要去哪裡。

捧著最後一株的真身芽苗，雲娘頭也不回的走出店鋪，走了。

繼續她在人間無邊無際的漫遊歲月。失去太痛了，她沒有勇氣遇見新的人，她可能會再見到晴兒、見到來寶，但是那又怎麼樣呢？

他們終歸不是自己的眷族，她終歸只是一個人。

身受重傷的雲娘不知道要走向哪裡，她又再度隱身於人世，只是不斷的往前走，她跨過山林、泅過溪流，真身的芽株讓她用法力封了起來，貼身收於衣裳之內，這樣的方式會讓她的修煉再無寸進，不過雲娘已經無所謂了。

如果沒有需要守護的對象，擁有再多的能力都是白費。

她走過了寨子，走過了小村落，看見人世間的哀與喜，出生與死亡，她不再開口，只偶爾遇見了侵襲人類的妖怪，會出手幫忙。

因為並沒有落腳的需要，所以雲娘也無須隱匿自己的身影，她幻化出既暴戾又溫柔的藤蔓，斬殺所有慾望人類血肉的妖怪。

她沒有想守護的對象，所以不曾於任何地方停留，她只是本能的反應，守護了京城這麼多年，她無法看見妖怪張口大啖人類的血肉。

她游離於妖族與人類之間，妖族對她怒目而視，人類也驚聲尖叫著逃跑。

沒關係的，沒關係的。這樣子很好，不管多漫長的寂寞，總有一天會習慣的。

她從中原一直往外漫遊，她晃過了整個大地，一直到接近具有雛形的港口，雲娘胸中那口鬱結，才在海風的吹拂之下，慢慢的從胸膛散去。

但她不知道的是，這些生命短暫的人類們，讓她順手救了幾次之後，開始替她立了牌位、甚至各種姿態的雕像，從中原到海村，都有「花仙救世」的傳說。

傳說隨著雲娘的足跡向外，不斷的傳言著，經過耆老之口，經過小兒傳唱，最後當雲娘站在黑水溝上頭，漂洋過海時，看著一艘即將被暴風雨傾覆的漁船，船上竟然供奉著自己的畫像。

那畫與自己不大像，畢竟凡人驚恐之間，也只能瞧見自己殺伐無數的綠色藤蔓，但畫此像的畫師，卻將自己眼裡的孤寂清清楚楚的描繪出來。

當時自己側著身子絞殺了山精野怪，只回頭一瞥，瞧一眼躲在草叢裡的凡人，那側臉上的寂寥就被留在畫像上了。

她停了下來，隱在風雨之中，漁船即將翻覆了。

她猶豫著，畢竟天災人禍她是不管的，她終歸不是人類，這跟她沒關係，她只是出於昔日的習慣而看不慣妖族殺戮人類。

但是漁船上前兩天誕生了一個嬰兒，她在海上都可以聞到生命的奶香味，她沒辦法放手，當她耗盡了所有的法力，終於保下這艘漁船的平安時，船上的所有人都已經在劇烈的風雨中昏迷。

她一個人在船上漫行，抱起了船艙中餓得哭不出力氣的嬰兒，她看著嬰兒稚嫩的臉孔，以及黑漆漆的大眼睛，她的右手幻化成藤蔓，慢慢滴下草汁。

嬰兒實在餓了太多天了，他的母親在生他的時候就已經難產而死，在這個時代，失去了母親的奶水，就等於失去了存活的希望，更不用說他是在海上飄搖的船隻中誕生的。

雲娘並不知道為什麼這個嬰兒的母親可以上船，她只能賭一把，一點一滴的哺餵著這個嬰兒。

她隱身抱著嬰孩，日夜陪伴著他，雲娘現在知道了，這是一艘偷渡的漁船，他們即將前往某個小島，卻在途中遭遇了狂風暴雨。

數個日夜之後，他們終於見著了陸地，大聲的歡呼。

船上的人拿起了武器、帶走了糧食，從船上下來，探索這個小島，一個婦人要下船之前，看見了被雲娘放在搖籃中的嬰兒。

雲娘隱在一旁，並未現身，她的心中，還有左來寶的痛，她不適合再養育任何一個孩子了。

婦人內心天人交戰，這個未開荒的小島，是他們沿海居民口耳相傳的肥沃之地，但是前途茫茫，又有誰能夠預料呢?她帶著這個剛出生的嬰孩，只會增添自己與丈夫的煩惱，她的丈夫對著她搖搖頭，她卻怎麼都放不下。

她跪了下來，掏出胸口的玉珮，雲娘定睛一看，竟然是自己的塑像。

「花仙啊，我們來到這蠻荒之地，連自己要在何處安頓都還不知道，實在沒有辦法養育這孩子……」婦人磕了幾下頭，嘴裡喃喃說著。

聽見這婦人的話，雲娘暗暗嘆息。

「但這孩子如此孤苦無依，我如果將他遺棄在這裡，我這輩子一定日日夜夜愧疚，難以安眠。還望花仙多多幫忙，照顧我們一家子，只要我們有飯吃，就少不得這孩子的一口。」

她又用力的磕了幾下頭，連丈夫都跪了下來，兩人一齊磕頭，才終於站起身來，抱著熟睡中的嬰孩，頭也不回的走了。

雲娘遠望著帶走嬰孩的這一家子，內心五味雜陳，她活了很久了，萌發了神識的植物妖在修煉上就比同類快上了數百倍不止，她被稱為大妖雲娘，她從未想過凡人的供奉，她只是漫無目的的走，全憑喜好的驅逐著妖族。

但看著凡人虔誠的祈求，她終於感受到這些心願的沉重。

她默默點頭，跟隨著凡人的腳步前進，遙遠的看顧著那個孩子，以及這一群祈求她的人類，去吧，到你們想到的地方吧，我會為你們驅逐一切的災厄。

漫遊了這麼長的時間，歷經了無數朝代的更迭，雲娘終於停留了下來，停留在這個尚未開化的小島上，執著的守護這一方島民的平安。

島民之中有她曾經哺育過的孩子，她一代一代的守護著他們許多年。

這個小島與繁華的京城相比起來，眾生的界線更相形模糊，這裡的山林與溪流都還存在靈識，他們或許不言不語，卻有自我的主張，需要先民們敬畏的祭祀，才肯放諸通行。

但不是每一個原生的靈識都這麼好說話，在人們逐漸探索的過程中，都是雲娘搶在前頭，先一步與之溝通，她隱去了身形，不曾再現身於先民眼前，她既然要停留在此，就不能隨心所欲。

一直到小島的文明逐漸成熟，雲娘才慢慢的退了下來，隱在都市當中，沉默的看護著這一方的人民。

只是人類真的是一種很奇怪的生物，尤其是人類的孩子，就像一塊黏皮糖似的。

只要逮著了機會纏上自己，就絕不肯放手，那聲聲嬌脆的叫喚，簡直是世界上最可惡的聲音了，不聽還會鑽入耳裡，讓人心都化了，一不小心就忘記自己只是個花妖。

「雲姨！雲姨！妳在家嗎？」孩子的聲音，由遠而近，不斷的嚷嚷著，打破了雲娘的沉思，你看看，這會兒不就來了嗎？

你聽聽，這聲音多麼可怕又多麼纏人！

她靜謐的臉上，露出一絲苦惱，還是忍不住出聲喚著，「別跑了，小心腳下啊！」

但是她話音未歇，已經傳來孩子的慘呼聲，她頭痛的撫額，認命的站起身來，走到外邊的庭院，抱起了哭哭啼啼的孩子。

「就叫妳不要這樣跑了，怎麼了？找雲姨做什麼？」她低聲哄著，這個小女生叫做李宜樊，是這裡山裡頭原住民的孩子，但是不幸的是，母親早早跟人跑了，父親又成天抱著酒瓶子不放。

若非自己已經不管人事許久，怎麼能見人家這樣苛刻自己的孩子呢？

雲娘與李宜樊的緣分也結得很微妙，一日，她在山林漫遊，卻見小兒啼哭聲不斷．雲娘心下不忍，一路循了過去，這才發覺，這個五歲的小女娃，哭聲雖不歇，手裡卻牢牢抓著一隻蛇。

雲娘抽了一口冷氣，那是一隻雙頭蛇，雲娘現在對妖界已經很熟悉了，拜她這幾百年來的母性所致，總是有招惹不斷的破事可以打發。

小女娃哭得抽抽噎噎，雲娘趕緊過去救——救的卻是那隻蛇，那隻可憐的雙頭蛇快被活活掐死了。

她第一次救的不是人類，卻是妖怪，雲娘覺得她的心情有點複雜。但是放走了那隻笨蛇，這小女娃卻哭得呼天搶地，雲娘沒辦法，只好一把抱起，就這樣哄了半天，看著她搖搖晃晃一個人下山。

累得她一路看著，深怕這女娃一路滾進山溝裡。

結果從那天之後，李宜樊就巴住自己，三天兩頭往山裡跑。

也不知道五歲的孩子哪來這麼好的記憶，只來一次就知道雲娘的家門在哪裡。

她也不是沒想過要隱居起來，但是這孩子一旦找不著她，其他什麼的不會，就會在原地放聲大哭，哭得雲娘一整個是肝腸寸斷，幾次之後，也只好妥協。

讓自己這裡幾乎成了李宜樊的第二個家。

李宜樊本來就是原住民的孩子，山裡對她來說來去自如，只差沒跟個野人一樣裹片樹葉就橫衝直撞了，雲娘教了幾次，這孩子的性子卻是極野，雲娘沒辦法，只能讓她跟後院的野草一樣，自由生長了。

只是她一張小臉老是曬得黝黑通紅，讓雲娘心疼不已。

「陽光這麼赤熱，說了讓妳戴頂帽子也不願意？」她邊抱著孩子，邊往室內去，嘴裡唸唸叨叨。

「戴帽子很麻煩，爬樹的時候會勾到！」

「敢情妳還給我去爬樹？妳上次打翻了一整個鳥巢，摔碎了人家的鳥寶寶，哭了大半天，都忘記了？妳今天爬上去做什麼？」

李宜樊吐吐舌頭，巴住雲娘的肩膀，用力的親了一下，「現在不會了，我要抓蛇！」

「……」雲娘嘆氣，這孩子簡直是蛇的剋星，偏偏蛇看到她還不曉得繞道走，「妳不要老是想抓蛇，哪天被毒蛇給咬了……」

「才不會！我只要抓這隻就好了！」李宜樊話語未停，趕忙從身後的小背包掏出了一條……不知道是死是活的雙頭蛇！

雲娘大驚，這條可憐的雙頭蛇怎麼又來自找死路？

她趕忙奪下這條雙頭蛇，發現手中的雙頭蛇，比起李宜樊五歲的時候，又粗壯得許多了，可是怎麼光長肉，沒長腦袋？這麼多年了還是學不乖呢？

她細心的用藤蔓編織了個草籃，把暈死過去的雙頭蛇放進去，又好說歹說的哄著李宜樊，「妳在路上看到奇怪的東西，別老想著要抓起來玩，行嗎？聽一次雲姨的！」

李宜樊嘟著嘴，「是牠們自己跑來找我玩的！」

她理直氣壯的說著，倒是讓雲娘噎了一下，這個孩子很奇異的擁有吸引妖異的天分，現在年紀還小，不懂得害怕，自然覺得都是來找她「玩」的！

唉！以後長大可怎麼是好？

也罷，自己什麼沒有，就時間最多，了不起陪著這孩子長大，大了一些，自然就會有一些姑娘家的樣子，到時候嫁去夫家，跟著人類的村莊生活，也不至於招來太多的邪祟。

雲娘嘆一口氣，捏捏李宜樊瘦得沒幾兩肉的小胳膊，眼下也只好過一日算一日了！她開口詢問，「吃過了嗎？雲姨做些點心，讓妳填填肚子！」

「好！我要吃麻花捲！還要喝紅豆湯！雲姨是世界上對我最好的人了！」李宜樊歡快的巴著雲娘的脖子撒嬌，不住的磨蹭著。

「好好好……妳要吃什麼，雲姨都做給妳吃，可是就不知道妳都吃去哪了？怎麼天天上我這蹭飯吃，還是這麼瘦？」

雲娘邊往廚房走，邊打趣地笑道。

她的後方跟著一隻小陀螺，不斷打轉，一下扯扯雲娘的裙襬，一下偷嘗一口鍋子內的湯汁，一臉不平的回嘴，「那是因為人家還在長大嘛！」

「長大了就要乖巧點，別成天跟個野人一樣，弄得髒兮兮的。」雲娘嘆氣。

「我是小野人小野人，髒兮兮的小野人。」李宜樊往雲娘下身的米白裙襬蹭著，印上了幾個黑黑的手印。

「嘖，待會把妳扔進鍋子裡煮乾淨喔！」雲娘板起臉威脅著她。

「嘻嘻！」李宜樊才不怕雲娘，她歡快的四處跑著。

她喜歡這裡，雲娘就像是她的第二個母親，她在這裡，得到了從未擁有的母愛跟溫暖，她從不跟人說起雲娘的事情，雲娘是她一個人的，她喜歡雲娘。

雲娘跟李宜樊兩人的笑聲，迴盪在山間的小庭院當中。

一段日子過去，某天在山腳下的村落，一群外地來的男人，正鬼鬼祟祟的進了村子，他們遮遮掩掩地四處打聽，專挑一些破敗的家門前駐足。

風聲帶來了一些耳語，雲娘栽於山下的植株也隱隱約約傳來訊息。

也許是雲娘太過疏忽了，畢竟對於人類她沒有那麼深的防備，她總是寵著人類，她的心向著他們。

而且這是她居住了許久的地盤，四方眾生都很清楚的，斷然不敢貿然來犯。

她甚至親手在整座山裡植下了自己的植株，劃下了這大一塊的領地，保護著山裡的原住民部落，以及李宜樊。

妖怪們雖然不解，為什麼植物妖會有這麼深的地盤意識，卻仍然暗暗服從著大妖雲娘。

雲娘的境界深不可測，他們無意與之抗衡。

這裡，平靜了數十年。

但也因為這樣，雲娘疏忽了，風聲從她耳邊掠過，她的注意力卻全在李宜樊身上，她們就像一對真正的母子一般玩耍，卻忽略了會讓她日後痛心不已的訊息。

她在椅子上抱著李宜樊，哄著她多吃些點心，竟沒有分出一絲神識注意到，這群外地來的男人，通通正在打聽著同一件事情。

哪一家的孩子想要出售？

第六章　終相逢

水煙獨自一人坐在門檻上，非常無奈。

他簡直閒得發慌，只差沒把地上的石板給瞪出一個洞來。他支著下巴，百無聊賴，昏昏欲睡，想回家睡他個昏天暗地，又不能離開裡頭的珥蛇。

裡頭的珥蛇伏在案上，如玉般的澄澈雙眼，正緊緊盯著水月鏡，仔細核對著人魂投胎之後的因緣，以及記錄這一世的諸多瑣事。

水煙耷拉著腦袋，暗自鬱悶的心想，這是他的工作啊！這隻幼兒蛇為什麼這麼樂此不疲？他把下巴靠在膝蓋上，遙遠地想起帶珥蛇回來的那一天……

當初珥蛇從陰崎之山跟著他回來的事情，他很快的就上報了，畢竟這麼一隻古老的駐地之靈，天天扭著腰在他家閒晃，說不準哪天就出了亂子！

更別說珥蛇很稀罕的缺乏各種生存常識，什麼樣的人魂都讓他非常有興趣，恨不得抓來仔細研究一番！

就算因為這樣而教訓了他，也只會得到理直氣壯的回答，「在我那個時代，人魂都是光著身子跑來跑去的！哪有現在這麼多講究！」

當然，這種謊話，水煙想都不用想也知道是胡扯。

但是把珥蛇送到閻王殿之後，在京玉跟閻王的輪番上陣之下，眾人好說歹說，累得口沫都乾了，這隻珥蛇就是不肯乖乖回去沉眠，按照他的話來說：「我才不要回去，我都睡了幾千年了，我要跟大家一起玩！」

然後繼續堅定的指著水煙，佔有慾十足的纏在他身上。

就連閻王也很頭痛，他並不清楚首任閻王是如何跟珥蛇談的條件，傳說中的珥蛇心慈手軟，雖然小兒心性，卻很愛護人魂，也才肯自願沉睡。

但眼前這隻，擺明潑歡撒鬧，怎麼說都不肯沉眠，閻王又大約知道，珥蛇對於陰間與人間的邊境安危相當重要，弄個不好，很有可能會打破兩邊的界線。

他累得口乾舌燥，忽然想到當時似乎有些事情被他遺漏了，他彈彈手指，趕緊叫出那本「駐地之靈說明書」，唰唰唰的翻到其中一頁記載。

珥蛇，陰崎之山駐地之靈，陰間所屬，性格溫和，喜愛人類，雖為蛇身，卻不喜葷食，一切供奉以糕餅吃食為主即可……後頭拉拉雜雜一大串，閻王直接跳過不看，翻到最後面，果然！

珥蛇千年才出世一次，期間不過數百年，他眷戀人族，喜愛熱鬧，雖不至於掀起滔天巨浪，但須任命侍者陪伴，期滿之後，珥蛇自會繼續沉睡。

他果然遺漏了什麼，這個駐地之靈還算好打發，對於如此長久的沉眠不曾有過怨言，就是每千年要出來胡鬧一番，此次親眼所見，眼前的珥蛇只是本體的一絲靈識，傳說記載果然不假。

閻王大人黑色的眼珠子瞬間閃過狡詰的光芒，他清清喉頭，「珥蛇大人，您一直是有侍者的吧？只要您出世行走於人間，必定有侍者相隨。」

珥蛇擰著眉頭，苦思了幾秒，終於捶手，「啊！好像還真有這回事，可惜我不知道最後一個去哪了耶！最後一次沉睡的時候，我也沒有標記他的氣息。」

珥蛇可有可無的說著，氣得一旁的水煙恨不得跳上去咬他兩口！

閻王邊沉思著，心中邊打著小晃旮——根據記載，珥蛇的侍者通常都是人魂，畢竟陰間也只有人魂。

記載上還說，珥蛇對於繁華的人間一直很感興趣，還尚未沉眠於陰崎之山的時候，就常常於人世行走，留下不少關於大蛇的傳說。

甚至在先民的祭祀玉珮當中，就有一種珥蛇的專屬式樣。

「不如，在下就幫您找一個吧？」閻王在珥蛇的面前也是小心謹慎，這無關武力的絕對值，而是一種敬重天地神靈的崇意。

「找一個？」珥蛇臉上有點抗拒，轉頭看向一臉不耐煩，正站在離自己身後幾步的水煙，「可是我……」

「放心放心！這人必定讓您稱心如意，連平時看著都不使您礙眼。」

「真的嗎？你先說說看……」珥蛇的眼神仍然在水煙身上打轉。

「我把我的下屬水煙陰官借給大人，大人您覺得怎麼樣？珥蛇大人請您盡、量、使、用。」閻王笑得坦蕩，卻轉手間，就把自己的下屬賣給了眼前的駐地之靈。

「喂喂喂！」遠處的水煙慘呼出聲，卻瞬間被閻王一彈指封住了聲音。

「閻王，這……」一旁的京玉徒勞的張大嘴巴，看著自家閻王凌厲的視線，只好把勸阻的話吞了下去，在心中為水煙默哀一把。

的確，在記載中，珥蛇已經是很溫和的駐地之靈了，但是身分就是擺在那，三界六道都必須忍讓珥蛇的任何要求，不過他們動不了珥蛇，倒楣的侍者可就成了箭靶。

如果珥蛇喜愛他的侍者，那還有轉圜的空間，如果珥蛇對自己的侍者不甚在意……等到珥蛇沉眠之後，仇家上門把侍者給生吞活剝都是輕的了！

不過閻王都發話，珥蛇大人更點頭同意。

水煙陰官就從這一天，正式從陰官一職轉職為珥蛇侍者。

閻王朗聲開口，「水煙侍者從今日起，跟隨珥蛇大人行走於天地之間，以珥蛇大人的心意為依歸，不得有違，執掌珥蛇大人食衣住行，並為其與外界神祇溝通橋梁。」

閻王下了宣布，水煙只覺得眼前一片黑，他沒聽錯吧？他好好的陰官不當，去當什麼珥蛇的侍者啊？俗話說得好，棒打出頭鳥，他只想安安穩穩的藏在陰間這一大票陰官之間啊。

水煙欲哭無淚，不過閻王後來補上的委命，上頭寫得清清楚楚，根據記載珥蛇出世不過數百年，書中並沒有他長存人世的紀錄。

只要珥蛇回去陰崎之山之後，水煙就能做回他的陰差，甚至額外升官發財。

呃，升官而已啦，發財大約只是一百年的福報。

水煙衡量了一下，這侍者也不是永遠當不到頭，甚至之後還有可能當回陰官，對自己也是一個也不算太壞的選擇，至少眼下看起來，他也沒有什麼選擇的餘地。

想開了之後，水煙就帶著珥蛇回到自己的店鋪，跟左加蘭說了一聲道別之後，就開始收拾包袱，打算要陪著珥蛇出世，好好四處遊歷一番。

「我們現在要去哪裡啊？」一路上都很愉悅的珥蛇，看著水煙牽著他走出城門的時候，終於滿臉疑惑的開口了。

「你不是想四處遊歷？看你想先去哪裡啊！」水煙沒好氣地回他，雖然想通了，但是要他立刻開朗的接受現實，還是有一點小小的難度的。

「我沒有說我要出去啊，我說了，我要跟你們在一起。」珥蛇張著清澈的眼睛，眼眸中盛著純粹的目光，完完全全就是幼兒的眼神！

「……你話就不能好好講嗎？不要這樣看我！」

水煙的火氣往上冒，不知道為什麼，一貫以開朗的外表對待大家的他，遇到這隻幼兒蛇，臉上的面具就有龜裂的傾向。「什麼叫做在一起！你到底想幹嘛？」

吼完了一臉茫然的珥蛇，水煙忽然又頓感歉疚，「你想做什麼？我們可是陰官啊，在這裡要做差事的。」

一聽水煙放軟了語氣，珥蛇倒是立刻可憐兮兮的仰著頭，他這次出世的人形是少年型態，個頭不高，面白如雪，雙頰如桃花瓣般嫣紅。

「那我也要當陰官！我想跟你們一起生活，一起過日子，我不想要高高在上的看著人世，那樣子不管我出世幾百次，你們都跟我沒關係……」

現在的珥蛇是真的泫然欲泣了。

「行行行！」水煙完全兵敗如山倒。

他攤了攤手，把這隻溝通不良的蛇，又帶回了閻王殿，反正他現在的身分就是珥蛇的侍者，不僅得照料珥蛇的食衣住行，還得肩負他對外溝通的橋梁。

面對珥蛇的要求，閻王也很大方的准了，只是陰間的事務繁多，管理的人魂不計其數，更維持著大道的運行不墜，所以天大地大的珥蛇，也只能從五等小小陰差幹起。

萬幸，珥蛇對這件事情是毫不在意的，他甚至喜孜孜地穿著灰色的陰差袍，四處轉悠，累得水煙在後頭不斷解釋，為什麼會有一隻五等陰差在街上「蛇來蛇去」。

最後在水煙的嚴正要求之下，珥蛇才勉強開始用人形，一步一步的行走於陰間的道路上，不再隨便現出蛇形的下半身，珥蛇抱怨了幾次，卻意外的對水煙相當溫順。

他甚至認真安分，從文書員開始，對任何的事情都很有興趣。

唯一的缺點就是，這隻同情心過度氾濫的幼兒蛇，實在入戲太深了！

你看，這一會兒，他不就又抱著水月鏡哭得唏哩嘩啦的。

「好可憐啊，水煙你看，他愛她她不愛他她愛的是他啊！」珥蛇胡亂嚷嚷著，抹了一把眼淚鼻涕直接擦在水煙的袍子上。

「……你在說什麼，我完全聽不懂。」

「就是啊……你聽我說嘛！他是她的青梅竹馬，可是她喜歡上的卻是只見過一面的江湖劍客，但江湖劍客又……」珥蛇哇啦啦地努力講解，可惜水煙毫不買帳。

他一揮手，直接轉移珥蛇的注意力，直接轉開了水月鏡上顯現的影像，切換到下一個「頻道」。

這會兒凡間正準備要過熱熱鬧鬧的元宵，今天晚上將是家家戶戶攜家帶眷，上城去看燈月與花海的好日子。

「有看過元宵嗎？」他問著珥蛇，轉移珥蛇剛剛哭泣的思緒。

「嗯！我有看過喔！」珥蛇果然興奮了起來，坐在位置上扭動著，他之前行走於人世的時候，的確看過某一城的元宵，只是……

珥蛇嘟著嘴，「我不知道他們手上那個亮亮的小竹籠要去哪裡買……」

水煙失笑，「那個叫做燈籠，都是各戶的人家親手做的，難怪你找不著地方買。」他拍了拍珥蛇的頭，「我做一個給你吧？」

珥蛇的雙眸燦亮的燃起，「真的嗎？我要上面有小兔子的喔！我之前看過一個，好漂亮好漂亮，但是我又不好意思去搶人家手上的！」

「行了行了，你繼續看著水月鏡挑，挑看看喜歡什麼顏色的，我幫你塗上去就是了。」水煙笑得無奈，卻伸手拍了拍珥蛇的腦袋，自從左加蘭等到他妻子，兩人一起攜手投胎之後，水煙就一直跟珥蛇相伴著，珥蛇十分喜愛人間，他次次想上人間瞧一瞧，水煙卻總是不樂意。

但這五花十色的人間卻總是能哄得珥蛇目不轉睛，水煙一開始嗤之以鼻，但他陪著珥蛇看了這麼久的水月鏡，竟也默默想起了一些事情。

之前他不懂，但現在他似乎有點明瞭自己那麼多世為了別人而活的原因。

他其實厭棄自己，他才會拋名棄姓，以水煙之名重新來過他死後的人生，但是珥蛇這麼喜愛人類，因為那一些芝麻蒜皮的小事情哭或者笑，他似乎有一種被了解的感覺。

他也是為了這些不足為外人道的事情，一次一次的活著自己不喜歡的人生，他抹了抹臉，這樣子溫柔的自己，是不是只是不想讓別人失望而已？

捨不得看見別人臉上失落的表情、捨不得聽見別人落寞的語氣，總是打包票，說自己能夠做到，才會一次一次的犧牲，一次一次的愚蠢。

他想起過去一世世的經歷，還是忍不住打起寒顫，但是他似乎有點原諒自己了。

「你想上人間嗎？」水煙不敢置信自己說了什麼，但他臉上的笑意擴大，「我帶你去看一次真正的元宵吧，今晚。」

「真的可以嗎？」珥蛇幾乎尖叫起來了。

「嗯。」水煙點頭，「快挑吧！你的小兔子等著你選色呢！」

「好！」珥蛇大力點頭，他的嗓音介於少年與男孩之間，尚未變音的嗓子，清亮嘹亮，在一票陰差跟陰官之間，是很惹人喜愛的存在。

大家一開始知曉珥蛇的身分，難免會有些許顧忌，甚至有些小心一點的陰差，走路都會繞著珥蛇，畢竟如果珥蛇一發怒，隨意張口把自己吞吃了，那可就欲哭無淚了。

但是時間長了之後，大家都很喜歡這隻樂天知命、甚至是勤奮有為的珥蛇，別說有了什麼小孩子家的玩意，都有志一同的往水煙這塞，連上了陽間辦差事，也總是不斷帶回各種甜食，就想哄著珥蛇笑上一笑。

不過說也奇怪，珥蛇雖然笑臉迎人，卻與誰都親不到心底去，唯有對自己的侍者水煙，永遠甜甜膩膩的賴在一旁。

只是偶爾露出一點寂寞的臉龐，讓水煙沉思了許久。

這隻幼兒蛇，跟自己還真像啊……

也因此水煙也總是不留痕跡的哄著珥蛇開心，他查過記載了，珥蛇一次出世不得超過千年，對於他漫長的歲月來說，下一次醒來的時候，可能又是人事全非了。

難怪珥蛇對什麼都很有興趣，因為他知道自己下一次睜開眼睛，或許再也見不著熟悉的任何一人了。

水煙說到做到，幫珥蛇做了一個竹編的兔子燈籠，還漆上了全白的顏色，說是一隻雪兔，珥蛇瞪大眼睛，幾乎愛不釋手。

他還特地向京玉判官請假，帶珥蛇上人間一趟，在人群之中，慢慢的被人潮推擠著。

街上的花燈璀璨如花海，一盞一盞繫在家家戶戶的門上，街道上布滿著各種花樣的燈籠，映照得路上的行人，紅撲撲的臉紅。

珥蛇手上拿著一盞小竹籠燈，用竹枝編就而成的燈籠，裡頭的蠟燭正一閃一滅，隨著珥蛇歡快的步伐，在萬般燈火中閃爍。

「水煙……」珥蛇撒嬌的細聲喊著。

他踏著輕快的腳步，現在要他用人形行走，已經沒有什麼大問題了，他目不暇給的看著街上的燈籠們，一下稀罕的四處張晃，一下又低眸瞧著自己手上的小竹燈，一臉喜愛。

「嗯？」

水煙雙手藏在袖中，信步往前走，基本上他們的方向是看珥蛇被哪盞燈籠吸引，他們就往哪裡去，現在越來越靠近河邊了，河面上也有著一盞一盞亮得人迷茫的橘黃色水燈。

「水煙大人……」珥蛇忍不住又回頭喚著水煙。

他嬌軟的嗓音，宛如世間最美好的聲線，清脆的在水煙耳邊響著，卻只引來對方不耐煩的皺眉。

「別喊了，你再喊我就把燈沒收。」水煙終於下了最後通牒，自從下午把燈給了珥蛇之後，這傢伙就開始發神經，一想到就甜甜的喊著自己的名字。

根本就是在摧殘自己身上的雞皮疙瘩存量嘛！

水煙一抖，作勢要收回珥蛇手上的燈，引來對方的驚恐大笑，兩人雙雙站在河面上，看著水面上的影子，遠處的燈不斷漂流。

「燈，要去哪裡？」珥蛇看著水煙，偏著頭發問。

「漂到很遠很遠的地方，你眼前這條河也是大海的分支，它可能一路漂到了海裡，被大魚一口吞了。」

水煙半真半假的說著。

「哦，那小竹燈也想去。」珥蛇蹲在河邊，優美的弧線顯露雪白的光芒，他認真的看著水煙，想放下手上的竹燈。

他的舉動讓水煙感到萬分疑惑，他不是很喜愛這個燈嗎？

「可是小竹燈不是水燈，你想要去哪裡。」他耐心的哄著珥蛇。

作為珥蛇的侍者這麼多年來，他已經很清楚珥蛇的跳躍性思考，以及顛倒前因後果的說話方式。

「去找一個人。」珥蛇慢慢放手，他把小竹燈放到水面上，竹籠中的蠟燭碰到水面，頓時發出溫暖的光芒，光亮的映照在他臉上，

「替珥蛇找一個人，珥蛇好寂寞。」珥蛇說得很小聲很小聲，但水煙仍然聽見了。

但說也奇怪，明明不是水燈的小竹燈，卻穩穩的在水面上漂著，跟隨著前方的水燈隊伍，慢慢往遠處漂去。

水煙雙手揹在腰後，這種節慶的氛圍，真的會引人感傷啊！

而且珥蛇的時間快到了……

「回去吧！你還沒吃元宵呢！我煮了一些，想吃甜的還是鹹的？」水煙丟下了問句，打破傷心的氣氛，一個人自顧自往回走。

他側著耳朵仔細地聽著，果然走沒多遠，就聽到了珥蛇奔跑的足音，往自己這邊奔來，

一瞬間又掛在自己肩上，一條通體玉白的大蛇，纏繞在胸前。

蛇頭微微仰著，晶瑩的眼眸，細細落下了淚，埋在水煙的胸前，緩緩滲進衣裳裡。

「好了好了，不然我們吃炸元宵吧？」

水煙繼續往前走，身旁的人潮人來人往，還好這傢伙還記得隱去身形，不然得嚇死多少凡人？

「我要吃十大碗公。」

胸前傳出了悶悶的聲音。

「好。」

你說什麼都好。

原來，你也沒有一個在等你的人啊……

這一日，珥蛇帶著自己的侍者水煙，熱熱鬧鬧的上了京玉的判官殿，京玉老早就說好，要替他擺一桌酒菜好好送行。

畢竟珥蛇沉睡的時間太久，下一次他醒來的時候，就算景色依舊，也早已物是人非。

大家擔憂著珥蛇的心情，變著花樣逗他開心，他卻從元宵那一日之後，許多年過去就不再表現出一點傷心的樣子，彷彿那一日的眼淚，只是水面上的餘波而已。

他歡快的跟他熟識的人道別，他的時間差不多了，雖然仔細算起來也還有數十年的光陰，但是對他來說，這只是一眨眼而已。

一晃眼過去了，他又即將沉眠，在夢境中漂流，等到下一次醒來的時間。

現在他在判官殿內，跟水煙、京玉三人，霸佔著大半張的圓桌，吃吃喝喝，舉杯暢飲的好不快樂，彷彿分別從不會到來，他能跟大家、跟水煙，永遠在一起。

「你們要、要對、我的侍者……好一點喔！」因為喝多而開始大舌頭的珥蛇，指著京玉，茫茫然的說著，他雙頰豔紅，話說來說去，就是在水煙身上打轉。

他真的好喜歡水煙喔，他喜歡這個有點暴躁卻也很溫柔的侍者，他的要求水煙不一定答應，但是他只要傷心了、難過了，水煙一定會發現，他依賴著這一次的侍者，全心依賴著。

「那有什麼問題？交給我！我一定好好照顧他！」連京玉也咬著小酒杯，手舞足蹈的答應著，只有水煙一人，默默喝著酒，什麼話都沒說。

「我說真的，不然就把你們全部、全部吃掉喔！」珥蛇瞪大了眼睛，大聲拍著桌子，十足像是一個發了酒瘋的醉鬼。

他鬧得很歡，卻又忽然低下了頭，對著酒杯說話，「別讓他去投胎好不……我還想再見到他……」

「你放一千八百個心啦！」京玉拍著胸脯，大聲回答，「全陰間有誰不知道他的心魔，他打定主意不回人間，我拖他去輪迴臺，包準他爬也要爬下來！」

水煙瞪大眼睛，「喂喂，你們兩個夠了喔！」喝醉酒說醉話就算了，有必要把他的底細都抖出來嗎？

水煙搖搖頭，這兩個傢伙醉得不能再醉了，連人話都聽不懂了，他只好站起來，趕緊把正想要爬上桌子的珥蛇拉下來，「我的事情不用你擔心，你先快點給我從桌子上下來！」

珥蛇一聽不滿意了，滿嘴嚷嚷著，「你的事情就是我的事情！」

彷彿嫌不夠亂似的，京玉也手腳並用地爬上了椅凳，高聲敲著碗盤，對酒當歌。

「嘩啦啦、嘩啦啦，且看這光陰似水年華～」

水煙嘆一口氣，乾脆隨便他們去胡鬧，獨自坐在一旁，夾著桌上的下酒菜，嘴裡邊嚼著海帶絲，邊想明天這條幼兒蛇起床，一定又要哭鬧著頭痛了！

哼哼！痛死他好了，自己可不管了！

水煙本來以為今晚就要這樣胡鬧的過完了，卻不知道這一夜如此漫長，漫長到他早知道就寧死也不來京玉這裡了！

就在他們滿園胡鬧的時候，一個陰差行色匆匆的撞了進來，一抓到京玉就直嚷，「閻王有令，判官京玉，即日……」

水煙翻了翻白眼，一敲這朗聲誦唸的陰差腦袋，「你看他這會兒像是聽得進去的樣子？」

陰差急得團團轉，「這下怎麼辦可好？閻王說了此事急迫，萬不可耽擱啊！」他著急的跺腳，求救的看著水煙。

「行了，你跟我說吧，什麼事情？」水煙揉揉額際，沒想到身為下屬的自己，還得幫頂上長官收拾爛攤子。他看著扯開喉嚨大聲唱歌的珥蛇，覺得自己的頭又更痛了一點。

陰差一聽水煙答應幫他轉達給京玉，立刻歡欣鼓舞的繼續誦念，「人間今時出現大妖，偏居東南一隅，以蒐集人魂為目的，人間已有十二人魂不知所蹤，派出數隊陰官皆無功而返，今日閻王殿特發急令，京玉判官請盡速逮捕大妖雲娘歸案。」

陰差拿起桌上的酒水一灌，又繼續朗聲念著，「據傳此大妖名為雲娘，為宋朝出世的花魂，目前修入花妖，正盤據在東方小島上……」

不知道為什麼，水煙的心裡一動，宋朝……是嗎？

些微的紛沓思緒，逐漸湧上心頭，但尚未來得及做什麼反應，一旁胡鬧的珥蛇立刻湊了過來，大聲嚷嚷，「我要去我要去！什麼大妖的，我通通抓回來！珥蛇最厲害了！才不怕大妖……」

他打了一個酒嗝，竟又萎靡的坐倒在地，一臉昏昏欲睡的樣子。

水煙哭笑不得，轉頭對著等著覆命的陰差說，「天大的事情都得等京玉醒了再說。但你先回去覆命，就說他知道了，明日即刻出發。」

陰差一聽，感激的對他一笑，人人都傳聞陰官水煙瘋瘋癲癲，但辦事卻是極為認真，傳言果然沒錯，他這一個剛入隊的陰差，立刻對水煙有了無上的好感。

但事情還沒完，剛剛倒在一旁的珥蛇忽然長嘯一聲，蛇音尖銳，迴盪在陰間的夜空中，嚇得他一屁股跌坐在地。

珥蛇竟然就在這個小小的判官殿恢復真身，他尾巴一擺，捆上了還在說話的水煙，還往天花板上一撞，把這個判官殿給撞出了一個窟窿！

他興奮的在天空盤旋，大聲嚷嚷，「交給我、交給我！這個妖怪我來緝捕歸案啦！我們去人間囉～大家再見！」

讓他這一鬧，剛剛醉得連親爹都認不出來的京玉也一個激靈的酒醒了，他趕緊抓住一旁坐在地上的陰差質問，「到底是發生什麼事情了？」

陰差欲哭無淚，掏出懷中的公文封，「他們連失蹤的人魂姓名都還搞不清楚，就前去人間追捕大妖雲娘了……」

「什麼？」京玉被這個消息劈得外焦內嫩，「那他們有沒有搞清楚敵方有什麼能耐？」
「我想沒有吧……」
「……」
「大人，現在該怎麼辦？」
「速速跟我去一趟閻王殿！」

雲娘對於人類是不太有防備的。
不像一開始剛入人間的時候，什麼都在意、什麼都好奇。
這麼多年過去，對她來說，人們的壽命太過短暫，是種七情六慾相當豐富的種族，人間的大小爭鬥一直沒有斷過，不管是小至凡夫俗子的尋常爭吵，還是大至帝王將相之間的相互交戰。
她尊重凡人的意志，雖然不能相同的理解，凡人對於權勢以及利益的愛好跟追求，但是她尊重並且撒手不管，只是沉默地看著。
她只是一直依照自己舊時的習慣，替人類驅逐妖異，守住他們的清明。

她庇佑當初來到島上開墾的那群先民，她替他們安天攘地，但是現在他們已經遍地生根，不需要自己了。

現在她只管這一座山，

所以如果前陣子進村的那群男人中，有夾雜著一隻小妖、小怪，不管弱小到什麼程度，雲娘都必定會萬分仔細的注意，注意他們來到村子裡轉悠的目的何在——很久以後，雲娘仍為此後悔萬分。

這一天，是左來寶的生辰之日，就算經過這麼多年之後，雲娘仍然記得這個乾兒子的生辰，記得她第一次親手從晴兒身上，接過這麼一個幼小生命時內心的悸動。

她如同過去每一年一樣，獨自一人關在自己的房內，沉默的祝禱著，向大地祈禱、向諸神祈禱，她只希望左來寶之後的每一世，都能夠平安喜樂，命運平順的成長。

她不曾去尋過來寶，她只是遙遠且沉默的祝禱著。

所以她沒有聽見山下村莊的動靜，也沒有聽見李宜樊夾雜著眼淚的呼喊。

「給我安靜一點！妳們這些傢伙，通通都是妳們的父母賣掉的小孩！沒有人要的！不准再哭了！通通給我閉上嘴！」

面目凶惡的大漢子，手上揮舞著長刀，惡狠狠的在一群孩子面前恫嚇。

孩子們哭泣著，不敢相信的搖頭，「騙人，你騙人……」大一點的孩子挺身而出，「你就是老師說的會抓小孩去賣的壞人！快點把我們放回去！你不把我們放回去，爸爸會殺了你們！」

大漢臉上青紅交替了一會，接著惡狠狠的呸了一口，「通通閉嘴！再囉嗦試試看啊，妳們可不想斷手斷腳吧？誰敢再說一句話，誰的舌頭就給我注意一點！」

孩子們受了驚嚇，壓低聲音哭泣著，仔細一瞧，這些孩子都是稚嫩的面孔，女孩子的身形，有些剛剛抽長了身高、有些仍然是孩子，她們的年紀從十五歲到七、八歲都有。

而李宜樊繃著一張臉，嚇得慘白，卻倔強的咬著下唇，不肯洩漏哭音，她今年剛滿十歲，也在這群被抓的孩子當中。

她環顧四周，都是熟悉的面孔，都是村莊內從小一起長大的夥伴，她們今天一起從學校回家，跨過了山澗的溪流、高聳的神木、溼軟的林間，快快樂樂的手牽著手，循著與平常相同的路徑回家。

她們上學、放學都不容易，但她們卻仍然喜歡上學，今日也不例外。

但今日就在快要可以看見村莊的路口時，竟讓這群外地來的男人們抓住了！

他們先是設下陷阱，刺傷了孩子們的腳掌——山裡的小孩多是不穿鞋的，大家受了傷，逃也逃不了多遠。

幾個機靈的孩子跑掉了，但剩下的卻被大漢們抓了起來，摀住了她們的口鼻，讓她們失去知覺之後，一個個扔上車。

現在十幾個孩子好不容易醒來了，卻發現她們被困在貨車的後車廂！貨車正在一路顛簸的往前進，離她們熟悉的山林味道越來越遠，孩子們面面相覷，沒有人知道，她們將要被運送到哪裡，接下來又是什麼樣的命運等著她們？

李宜樊低頭默默禱告，求的卻不是天父，她呼喚著宛如親娘一般的雲娘，眼淚灑進了風中，隨著林間的葉片，一點一滴的往上飄飛，飛向雲娘一個人居住的小庭院。

卻飛不進雲娘的房間。

她緊閉著房門，思念著左來寶，在這同時，她卻即將失去李宜樊。

卡車一路往山下駛去，男人們在前座交談著，「多虧你想出這個辦法，回去我多分你一份！這次的本金夠我們偷偷花用好一陣子了！」

「是老大教得好啊！這裡的山裡這麼偏遠，那些猴子般的原住民野人，想必也不知道怎麼找回這些貨啦！絕對萬無一失，嘿小的先在這裡謝謝老大啦！」

「你跟阿明他們點一下，看貨有幾個。」

「是！老大！」一個男人拉開了前座與後車廂之間的小車窗，「阿明，老大叫你數數有多少個！」

阿明蹺著腿，他與自己的同伴分坐兩側，一同監視著這些女孩，「差不多十二個啦！足夠大賺一筆了！」

老大聽見阿明的回答了，忍不住回頭一看，從前座的小車窗中掃一眼後車廂的貨，滿意的繼續開車。

本來他們也不想這樣的。

都怪這個原住民的村落不太合作，竟然沒有半戶人家願意出售自己的孩子，但是城市裡頭的又催得緊，說是沒有新的貨色了，實在是讓他們傷透了腦筋，最後只能出此下策。

男人們相識一笑，這次沒有花掉買孩子的本金，又憑空多了這些女孩們，可真讓他們好生歡喜，幾人眉開目笑的盤算之後要怎麼慶祝。

從這個落後的村莊要開回他們的都市，得開上一整天，光是下山就讓他們吃足苦頭，最後開了四、五個小時之後，幾個大人實在受不了，屁股都快開花了！

他們終於停了下來，各自吃點乾糧、喝點水什麼的。

但就沒有一個人願意讓這些孩子下來走走，從汙濁又骯髒的貨車後車廂下來，暫時獲得幾秒鐘的自由。

「這次有說要全新的貨嗎？」

剛剛被叫做老大的男人，半蹲在河邊的石塊上頭，低聲問了一句。

他嘴裡的煙霧飄升，低垂著眼問了一句，他的身形剽悍，雙臂充滿了肌肉，連面容都是凶神惡煞的模樣。

「是沒有說要全新……」旁邊的男子揚了揚眉，猥瑣的笑了出來，「老大……你？」他了然的站起身來，掏出口袋中的鑰匙，一大串叮噹響，敲響了女孩們不幸的命運鐘聲。

「嗯。」被喚作老大的男人，站了起來，把菸蒂丟在地上，用腳用力踩熄，「哭得我很煩，該給她們一點教訓了，不然帶回去也不會乖。」

貨車的後車廂打開了，女孩子被忽然照入的光亮嚇了一跳，紛紛瞇細了眼睛，但是不等她們反應過來，一個細胳臂的女孩子，看著大約十三、十四歲，被伸進來的大手給拖了出去。

「滿盈！放開她！你們要做什麼！」孩子們大聲尖叫，看著自己的同伴被拖出去，從貨車的後車廂摔下泥土地上，撞得一臉傷，年長一點的孩子們激動不已。

「閉嘴！這就是妳們以後要幹的活，睜大眼睛看仔細了！」男人沒有關上車門，只是隨意的站在兩側，防止著孩子們逃走。

緊閉著雙眼的滿盈，沉默的掉眼淚，沒有拳打腳踢的反抗，被拖到了為首男人的面前，她顫抖著睫毛，嘴裡喃喃念著。

「天父啊，請讓我們的身心靈得到平靜……」

在她的祈禱詞當中，後車廂的孩子們齊聲尖叫了起來，男人怒不可抑的摔下手中纖細的胳膊，對著卡車大吼，「讓她們給我通通學會閉嘴！學不會的就殺掉吧！」

守在車廂旁的男人，立刻聽命，甩手就打上了最近一個孩子的臉頰，重重的巴掌印清晰的印了上去，讓她半邊臉都腫了起來，仰身向後摔倒。

又是一陣刺耳的尖叫。

但是尖叫聲卻只是引起男人們的不悅，以及更多的拳打腳踢。

在暴力的虐待當中，孩子們的尖叫聲越來越小，直至最後，只能沉默的躺在車廂的上喘息，身上的鮮血，慢慢蜿蜒出去。

這些男人殺紅了眼，反正這些女孩得來輕易，也沒什麼好珍惜的，先教她們一個乖，讓她們學會什麼叫做乖乖聽話！

趴在血泊當中，李宜樊抬起頭來。

她巴掌大的臉孔沾滿了髒汙，心臟劇烈跳動著，眼前的一切都成了慢動作，遙遠的滿盈哀傷的哭泣聲，重重的打入她的意識當中。

她的最後一絲清明消失了。

緩緩閉眼後再睜眼，她睜著一對變成蛇般的金黃色倒豎瞳孔，瞬間發出紅色的光亮，她的下半身成了蛇形，蜿蜒爬過一大片的血泊，然後迎著風張開了下巴，露出一對銀亮的毒牙，閃閃發亮。

「嘶……你們要為自己的行為付出代價。嘶……」

李宜樊的小臉，露出不屬於她的狠毒神色，分岔的舌頭從唇中吐出，嘶嘶聲作響，她壓低了蛇尾，向前彈出。

周圍的孩子被李宜樊的這股憤恨操縱，紛紛跟隨著，她們站了起來，撲向了看守的男子們，誓死反抗。

連不斷祈禱的滿盈，都將自己秀氣的指甲，深深插入了身旁男子的大腿上。

體態嬌小的孩子，被大人的胳膊重重揮舞了出去，飛向了河邊，撞上了石塊，血花飛濺，但是她們不甘心放棄，就算只能爬著也要爬回來，繼續把自己小小的牙痕印在男人身上。

李宜樊遊走在男人之間，蛇尾拓印著鮮血的痕跡，下半身快速游動，一對毒牙撕裂了一個又一個的傷口，扯開一道一道血花的噴泉。

人類的聲音在謐靜的河邊慘叫著，宛如人間煉獄。

等到雲娘趕到的時候，就是這個畫面，一地的死屍，不管是綁架孩子的男人，還是剛剛甦醒的李宜樊，甚至是一村的女孩，全都死了。

雲娘從河邊的植株聽見了所有的事情，她簡直怒不可遏，渾身顫抖著，手上的藤蔓揮舞，立刻絞殺了這些外來者的魂魄，銀亮的魂魄碎片，點點落入河邊溼濘的塵土中。

她抱起李宜樊的魂魄，小女孩在她懷中哭泣不止，剛剛尋回一絲清明的她，驚恐的大眼，黑白分明的不斷溢出淚水。「雲姨，帶我走，帶我們走……」

原來這就是李宜樊會不斷吸引雙頭蛇的原因。

李宜樊沒有說謊，雙頭蛇是想要跟她玩沒錯，因為李宜樊是蛇妖與人類的後代，在她的血統中，藏著一絲很稀薄的蛇妖血統。

而這一分稀薄的蛇妖血統，卻在這樣淒淒慘慘的狀況下被引發。

她甚至反過來被蛇妖殘虐的天性控制，殺掉了這麼多的人。

太糟糕了，真的太糟糕了。

雲娘把李宜樊的頭顱往胸前按緊了，舉目所望，都是女孩們哭泣的魂魄，內心揪著痛，她想保護的人，卻永遠保護不了，她實在捨不得……

這一次，怎麼樣都捨不得。

「妳們願意跟我回家嗎？」雲娘放軟了嗓音，哀戚的看著一地哭泣的孩子。

「哇嗚……我們只想要回家……」孩子們緊緊靠了過來，沾滿血汙的小手，用力抓住雲娘的裙襬，像是花盡了所有的力量般哀求，將雲娘繞了一圈又一圈。

雲娘深深閉上了眼，總共十二個孩子的魂魄。

而她對於孩子的喜愛，是她終身無法擺脫的宿命。

如果她能夠為了左來寶殺盡一窩的狍鴞，擔下所有的罪孽；那現在為了庇護這些孩子脆弱的魂魄，直到她們能夠完整無缺，那又有什麼不可呢？

雲娘素手一揮，藤蔓急速生長，吃掉了滿地的屍體，一陣翻覆之後，河邊又歸於平靜，她悉心編好了數個草籠，承載著孩子的魂魄，頭也不回的回到了山上。

遠遠的離開這條染滿人類血腥的河流。

雲娘深深嘆一口氣。

她抬腳往外走，看著李宜樊坐在溪澗邊的背影，實在有點頭疼，從那天之後，李宜樊就不再開口說上任何一句話。

一個十歲的孩子，面對人間最不堪的汙穢，被迫提早成熟，加上蛇妖血統的覺醒，讓她產生了巨大的茫然與恐懼，她又該如何是好？

雲娘可以理解李宜樊的畏懼與恐慌。

但是這般把自己封閉起來，對外界不看不聽，難道不是一種逃避嗎？

剩餘的孩子們也如驚弓之鳥，雲娘花了大把的心思，還是讓她們屢屢在惡夢中哭泣著醒來，直至天明再也不敢闔眼。

「妳別光看著這條河，想吃點什麼？雲姨都做給妳吃。」她坐在李宜樊身旁，強迫她轉頭過來看著自己，卻只看到一雙失神的眼眸。

雲娘又重重嘆口氣，「樊樊，那不是妳的錯，那些人罪有應得，妳不用害怕，雲姨會一直在這保護著妳們。」

她不肯放棄，繼續哄著。

好半晌，李宜樊才把頭往雲娘胸前靠了一下，側著頭看著溪澗的水花，雲娘不想再逼她，只靜靜的不言不語，用彼此的擁抱給予對方支持的力量。

坐了一整個下午，賴得今天陽光溫馴，沒曬痛了兩人，她們坐在山澗的泉水邊，黃昏的晚霞逐漸降臨，天邊燃起了鮮豔的橘紅色，夜色慢慢昏暗了下來。

「走吧？天涼了，我們進去了。」雲娘站起身來，牽著李宜樊的手。

「……」李宜樊仍然坐在石頭上，目光執著的看著溪澗中順流而下的泉水。

「怎麼了？晚上外邊風大，聽雲姨的話，先進來好嗎？」雲娘細聲哄著，忍不住跟著李宜樊的視線，在溪澗的水花中看了幾眼。

「……燈。」李宜樊忽然開口，她微微抬起了手，指著溪澗中漂流的一盞竹燈。

竹燈上頭的火光燦亮，從遠方逐間漂來，映照著李宜樊與雲娘的臉龐。

「些許是前陣子的元宵水燈吧？妳想要燈嗎？這有點傷腦筋啊……雲姨可不會做燈

呢！」雲娘半開玩笑的敲敲自己的腦袋，「走吧？天色晚了。」

「我要那盞燈。」李宜樊低聲說著，開口說出了這段時間，第一次的完整句子，她抬起了手，小竹燈離水而飛，歪歪斜斜的飛著，卻堅定的朝她這裡而來。

等到竹燈落入李宜樊的懷中，她終於滿足的笑了。

「哎呀呀，妳這孩子真是的……」雲娘苦惱的皺眉，燈剛剛飛過來，她就感受到一股奇異的氣息，這孩子別是招惹了什麼啊？

「罷了罷了，不過是盞燈嗎？妳喜歡就拿著吧！」雲娘無奈，拉起終於願意跟著她進屋的李宜樊，她推著李宜樊的後背，兩人一前一後的進了屋內。

但是才剛剛關上門，一道陰寒之氣，就撲天蓋地的襲上了庭院的前門，雲娘暗自冷哼一聲，她對著李宜樊溫和笑了一下，「妳們乖，都別出來，外邊有客人了。但妳們別怕，雲姨不會讓客人進來的。」

她抿著唇，推開了自家的門。

她轉身關上了門，施施然走到了庭院門口，雙手翻飛，整個庭院中的花草，通通瘋狂的生長著，轉眼間就將整間磚房小屋給覆蓋得嚴嚴實實。

她微微笑著，「想把孩子們帶走？先問問我手中的籠子吧！」

她又溫婉的一笑，單手拍地，庭院門口的左右兩側，長出了巨大的竹籠，瘋狂的向上生長，竹籠子不斷開闔著上方的葉片，凶狠的左右張望。

雲娘拍拍纖纖素手上的灰塵，心滿意足的站起身來，正想回到屋內時，一道陰影籠罩著她，她渾身發冷，抬頭一看，一條巨大的玉蛇，通體澄澈，正在天空中歡快的漫遊著。

玉蛇往下一撞，庭院裡築成的藤蔓網被撞出了一個大洞，雲娘冷哼一聲，撤去了天空的所有障礙，來人的能耐極高，被動閃躲只會把自己給困死。

玉蛇往下疾飛，雲娘雙手翻飛；一場惡鬥，在所難免。

但就在日頭即將落下山後的那一瞬間，同一時間，玉蛇背上的人與她打了一個照面，兩人凝視著彼此，心頭劇動。

雲娘胸口的月牙印記與水煙手腕上的月牙印記，在同一瞬間灼熱的亮起光芒，雲娘踉蹌退後一步，摀著胸口，這人的容顏與記憶中已經大相逕庭，那他又可曾認得自己？

還有那個約定……

水煙摀住了右手腕上的印記，一陣劇痛，那些他大醉上吊之後的記憶全部回來了——他想起來了，他與雲娘的約定，他把自己的名字給了雲娘，他喚醒了這株本該無憂無慮的植物靈識。

他把他一生的痛苦都交給雲娘，他要雲娘替自己記得……

該死，這一切都是他的錯。

兩人凝視著彼此，在最初的驚詫之後，他們都平靜了下來，這麼久的時間過去了，他們陰錯陽差相識卻不曾相見，他們輕輕開口，說出那纏繞在嘴邊好半晌，終於能說出口的話。

「是妳。」

「是你。」

「妳，怎麼會在這裡？」

「我，終於找到你。」

第七章　刀刃相向

兩人凝視了彼此良久，終究同時深深嘆一口氣。

水煙拍拍珥蛇的頭，讓珥蛇化為人形之後，兩人輕巧的落地，他緩緩向前，站定到雲娘的面前。

他定定看著眼前的佳人，手腕上的灼熱，以及不斷回流的記憶，他這場酒，竟然醉了數百年，他忘卻了酒醉時說過的話，卻有人不斷地記著。

記著自己說過的話，記著自己任性的託付。

他要她來找自己，但是他卻一直躲在陰間，從未踏上輪迴，他失約了，他失約了數百年，甚至什麼都忘記了。

如果這麼久以來，她都在世間尋找著自己……

有這個可能嗎？水煙猛地一抬頭，看見雲娘悲悽的雙眼，一瞬間，萬般滋味湧上心頭，水煙忽然都不知道胸中充斥的感覺是什麼了。

是愧疚還是喜悅，他終究錯了，但卻有一人，在人世間不斷地尋找自己。

雲娘靜靜的看著水煙，腦中思緒百轉千迴，只有一雙眼睛牢牢的看著那人，終於來到自己面前，喚醒了自己的意識，卻一走了之的那人。

這麼多年的追尋，為什麼終點就在眼前時，卻令人感到如此不真實？

兩人都有無數的問題想問對方，卻一時千頭萬緒，不知如何開口，話到了嘴邊，卻不知道哪一端才是話頭，他們同時撇開眼，平息波濤洶湧的思緒。

既然眼下的私事理不斷、剪還亂，那就還是暫時別說了罷。

不說也罷，數百年都能等了，不差這一時半刻。

或許不說也罷，不如不曾相見。

「交出妳所禁錮的魂魄來，大妖雲娘。」水煙冷下了眼，嘴裡一字一句說著。

他讓珥蛇抓著就往人間跑，只知道雲娘私藏了人間十二魂魄，尚且不知要有何作用，但是人魂珍貴，可是維持大道運行不墜的關鍵，不管她有任何理由，都不得阻攔陰差將人魂帶回地府。

「我……拒絕。」雲娘垂下眼眸，衣袖迎風獵獵聲響著，「我必須保護她們，她們都是無辜的孩子。」她退了一步，內心仍有一絲希冀，能不要與水煙正面對敵。

無辜？水煙愣了一下，他這時就氣惱莽撞的珥蛇了，搞不清楚狀況跟人家湊什麼熱鬧，但閻王殿傳來的訊息是真，他的任務就是帶回失蹤的十二人魂，並且將雲娘逮捕歸案。

「我並不清楚事情經過，不能只聽妳一面之詞，妳得先將十二人魂交出來。」水煙向前一步，步步進逼，「剩餘的事情，輪迴大道自有公斷，況且妳自身難保，閻王殿要緝捕妳回歸陰間，快快束手就擒！」

「那我們就沒有什麼好說的了。」

雲娘不再退了，她淒楚的一笑，她設想過無數與水煙相見的場景，卻獨獨漏了兩人交戰的畫面，她真沒想到自己追尋數百年的人，會來到自己面前，與自己兵戎相向。

她不再開口，雙手往上舉，整個庭院的植株都瘋狂生長，往天際蔓延，以水煙與珥蛇為中心，將兩人包覆成一顆綠色的球狀。

她往前一踏，植株的藤蔓迅速生長，條條粗壯如人的手臂，轉眼綠了滿院，上頭的花苞從葉中伸展出來，微微的芬香飄散，含苞待放。

「嫩綠堪栽，紅欲綻。」雲娘輕啟朱唇。

巨大的球體上頭的紅色花苞，一瞬間綻放在山間，佐著底下嬌嫩的鮮綠，迎風不亂，濃烈的芳香從庭院中散開，驚起了一整座的林間鳥。

「一霎雨聲，香四散。」雲娘低聲說著，仰首望天。

隨著香氣的散開，巨大的球體也隱隱發亮，逐漸朝向四周分崩離析，引起一陣輕微的大地鳴動，以及眼前一掌散不去的煙。

雲娘苦澀的勾了勾唇角，她還是手下留情了，但陰差也是人魂，水煙他們這會應該被炸到九霄雲外去了，她不想傷人，更不想傷害水煙，但是她有非得保護不可的人在身後，她別無選擇。

她嘆了一口氣，正想轉身回到屋內，卻驚詫的看著煙霧散去之後，站在其中鎮定自如的珥蛇以及狼狽不堪的水煙。

「大妖雲娘，果然有兩下子。」水煙邊咳邊抬頭，到底哪來這麼多該死的煙霧？

可惡，是他小看了植物妖的能力了，在山林當中，四處都是可供雲娘催使的花草樹木，他區區一介陰官，一見面竟然差點就被驅逐出此山林。

「……承讓承讓。」雲娘咬住了下唇，抬起了素手，在胸前畫了一個太極的圓，背後的參天樹木，頓時全部轉向，惡狠狠的瞪著山林的入侵者，瞪著珥蛇與水煙。

水煙吞了一口口水，轉向珥蛇，他壓低了聲量，卻微微抖著音，「哎你到底行不行？都是你不管不顧就衝來，我一定會被你害死……」

「應、應該可以啦！」珥蛇不太有把握的扯著水煙的袖子，「你先退到我後面去，這個身體只是我裂出的一絲靈識，雖然也能恢復真身，但是力量大概只有本體的……這麼一點點吧！」

水煙看著珥蛇比出的小指頭手勢，一陣惡寒襲上心頭。

「你娘的咧！」水煙忍不住爆出粗口，趕緊抱著自己的頭往後跑，卻一時找不到躲藏的地方。

雲娘的庭院當中本來就滿布植株，現在這些植物的意識都讓她喚醒了，全都有志一同的對著四處亂竄的水煙，只要看到他往哪個方向來，就齊心協力的張起了尖刺跟枝枒，只差沒像小狗一般，對他發出一陣陣威嚇的聲音了！

「這次真的要被這隻幼兒蛇害死了！」抱頭鼠竄的水煙，乾脆跳上了庭院的石獅子上頭，還戒慎恐懼的摸摸石獅的眼珠，深怕一個不留心，待會自己的腳，就被石獅咬去當點心啦！

他半蹲在石獅上，還不忘呼喊著，「不行別逞強啊！留得青山在，不怕沒柴燒，咱們改天調個八萬十萬大軍，就不信不能踏平這裡！」

雲娘頓時失笑，她其實根本不了解這個男人吧？她一直以一種仰視的姿態等著他，卻沒想過他也是人，也是人魂，他也有自己的性格，也有自己的喜怒哀樂。

「來吧，不要說廢話了。」雲娘專注的呼吸，翻起了手掌，低聲歌詠著生命的詩章，整座山林的山靈之氣如潮水般湧入她的身體。

對不起……我別無選擇。

她在心底跟山靈道歉著。卻仍然堅定的抬起頭來，凝視著珥蛇，「你準備好要面對一個母親了嗎？」

珥蛇也捏了一把冷汗，「呃……說實話，還沒。」

他面露驚慌之色，卻又調皮一笑，「但是受人之託忠人之事，只求姐姐多讓著小蛇一點啊！」珥蛇欺身向前，以手代刀向雲娘邀招。

「哼。貧嘴！」雲娘不動如山，任由自己被珥蛇一掌劈下，幾秒之後，原地的身影已然崩裂，她轉到珥蛇背後，一鞭子打上。

「姐姐這招移形換影，練得可有兩下子啊！」珥蛇擦擦唇邊的鮮血，背上的傷鮮血淋漓，他不以為意，雖然只是真身一點點的靈識，但是沉眠這麼年了，沒有一點手癢還真是騙人的。

珥蛇再攻，踏著流水般的步伐，雙腳宛如蛇尾般輕靈遊走，一掌一掌欺向雲娘，雲娘不斷後退，借助著藤蔓各方位的使力，在空中急速跳躍翻轉著。

「姐姐真有點本事。」珥蛇嘻笑著，忽然幻化出真身模樣，巨大的玉蛇，輕靈的遊走在庭院之間，但是重重一甩尾，玉石鋪就而成的地板立刻裂了深深的縫隙。

珥蛇掃著蛇尾，不斷攻向雲娘。

雲娘一退再退，卻退無可退。

果然，她跟珥蛇之間的差距還是太大，駐地之靈的本體威能，已經不是單純術法上的對決，而是實打實真身硬撼，但是植物妖的真身脆弱不已，在戰鬥中除非必要一擊，不然……

雲娘還在尋思，就讓珥蛇鑽了個空子，真身頃刻間離地三尺，調轉蛇頭的方位，一尾鋒利且巨大的蛇尾，刺到了雲娘面前，即將貫穿雲娘的心臟！

「不！我不准你們傷害雲姨！」一聲尖叫，從室內傳出，疾如閃電的一尾小蛇，橫亙在珥蛇與雲娘之間。

在場的人們都驚叫了。

包含石獅上的水煙、閉目承受最後一擊的雲娘、收不住力道的珥蛇，以及被貫穿魂魄的李宜樊！

她的胸前插入一尾巨大的蛇尾，李宜樊的魂魄顯出蛇妖的型態，人面蛇身，長髮如瀑，金黃色的雙眸逐漸黯淡，靈魂開始在虛空中緩緩飄散……

「這到底是怎麼一回事！」珥蛇驚恐的大叫，一瞬間返回人形，扶住遙遙欲墜的李宜樊，「妳是蛇妖？為什麼我沒有感應到！這下完了完了！」珥蛇焦急的輸出靈氣，卻無法填補李宜樊胸前的大洞。

「她是凡人的孩子！只是恰巧有了一絲蛇妖的血。」雲娘跪倒在地上，心急如焚的看著李宜樊逐漸黯淡的靈體，以及準備分崩離析的裂痕。

她仰起了頭，對著珥蛇堅定的說，「救她，拜託你救她，你要我怎樣我都心甘情願！拜託你救她……」雲娘胡亂的抹去眼淚，現在還不到哭的時候。

水煙也從遠處奔來，小屋子內的魂魄全都出來了，繞在李宜樊旁，嗚嗚哭泣著。

「哎現下可怎麼辦啊？怎麼這一窩人魂都是女娃啊？」他也急得亂繞，被女娃們哭得耳朵不斷鳴叫著，「我說妳還是跟我們回去吧！」

「我不，我說過會保護她們……」雲娘無神的雙眼，凌亂了鬢角，她千百年來，第一次這麼慌亂，第一次感到這麼無能為力，「樊樊……」她把額頭靠上李宜樊的手，人魂特有的溫度冰冰冷冷，現在卻逐漸消散。

「……回去的話，說不定有機會喔。」珥蛇不甚有把握說著，「回去陰間，回去陰崎之山，讓這孩子跟著我沉眠，讓我來修補她的靈體。」

雲娘茫然的抬頭，眼神中夾雜著懷疑與不可置信。「你發誓可以救樊樊？」

「應該行……吧？」珥蛇轉頭對著水煙求救，說實話他自己也不太有把握啊！但是陰崎之山的靈氣本來就適合蛇妖生存，不然他也不會選在那裡沉眠。

「對啦對啦！妳快快起身，帶著這一票孩子跟我回去，我保證讓妳們家什麼樊樊的，絕對完好如初，孩子們也通通穩穩當當。」

水煙信口雌黃的技能臨場發揮。

雲娘咬住下唇，她艱難的點下了頭，不管怎麼樣，她都只能相信眼前的人了，相信他們或許有足夠的能力，可以救回李宜樊的魂體。

她伏低了頸子，雙手反轉在背後，任由水煙綑綁，還在她纖細的手腕上，加諸了重重的鎖銬，她跟著水煙低著頭向前行，別無選擇，只是憂慮的看著珥蛇懷中的李宜樊。

她身後一大票的孩子們，不斷嗚咽著哭泣，也追隨著雲娘的腳步，踏入了陰間，踏入了對她們來說，晦暗不明的並且尚未完結的這一生。

陰間的大銅門讓水煙打開了，在等待這一行人皆通過之後，銅門在空氣中震盪幾下水波，消失在虛空之中，緩緩的闔上陰陽通道。

這時天色已完全昏暗，只餘屋內的一盞竹燈，微微亮著暈黃的光芒，閃得那樣溫暖，熨燙著人心，等待著主人歸家。

這盞由珥蛇親自放入水面的燈，多年後卻輾轉流入雲娘這裡，讓李宜樊撿拾了起來，就像是一段交錯的命運線，不斷的向未知的旅程延展開來，珥蛇千年前曾經救過一條鮮豔的小蛇，他視若珍寶，曾捧在手心裡愛不釋手。

但是那時候的珥蛇已經接近沉睡，他與那條鮮豔的小蛇緣淺分短。

但他不知道的是，這條身軀間隔著紅黃顏色的鮮豔小蛇，一直一直記著他，就算沒有能耐修入蛇妖，卻仍然把這段感情銘刻在記憶裡，一直到牠死去，一直到軀體化為粉塵。

這條鮮豔小蛇的世世代代都等著珥蛇。

直到李宜樊暴力的呼喚了這段稀薄的血緣，他們終於有了交會的一天。

關在大牢中的雲娘一個人獨自沉思。

她的背抵著乾燥的牆角，身後是從狹小的窗子內撒落的月光，映照在石板地上，一橫一橫的欄杆影子。這是陰間的地牢，當他們一行人來到陰間時，她就立刻被陰差收押至此。

就連只能也最後遠遠望一眼李宜樊，並全心相信珥蛇嘴裡的承諾。

她沒有資格與之談判，她絞殺了那四名漢子的魂魄，屬於妖界的重罪，雖然他們的魂魄都讓陰差回收了，正在等待輪迴重生，但她的罪孽仍然不可能輕易消除。

她甚至打傷了無數陰差，讓那十二人魂得不到重生的機會。

現在的她，應該要等待由妖界與閻王殿共同的判決，對於她絞殺人魂以及私藏人魂的種種罪刑做出處置。

但是雲娘一點都不關心，她只是閉上了眼睛，思念著李宜樊的身影，那孩子活潑的模樣、笑得通紅的臉頰、信賴的眼神，她從五歲看著李宜樊直到十歲，五年了啊，她把這孩子當成自己的女兒疼愛。

是她，是她。是她把孩子們帶了回來，卻沒有堅守諾言。

為什麼要讓樊樊替自己檔下珥蛇的攻擊？

雲娘自責著，她心底的內疚如同巨石般，不斷的墜落，打擊著她的心靈，縱使那是一場意外，那是一場沒有人來得及反應的悲劇。

她落下了淚，第一次哭得如此無助。

她臉頰上滾著淚，跪在石板地上，仰首向窗外祈禱著，她漫遊人間數百年，從花魂修入花妖，她從不曾親眼看過神祇，但她現在卻只能無助的仰望著天空，希冀任何的神明回應她的請求。

她蒼白的唇瓣不斷開闔，身為一介花妖，她應該信仰大道平衡，相信冥冥之中大道的安排，卻沒辦法坦然面對，孩子們的笑顏還在她心底依舊，但樊樊飛散的魂體也在她眼前不斷重現。

在他們羈押到陰間的途中，珥蛇懷中的李宜樊，身上的魂魄不斷地碎裂，沿路飛散的魂魄碎片，讓雲娘傷心地屢屢回頭，但就算她伸長了手，卻仍然抓不住任何一片。

雲娘哭得岔氣，第一次這麼傷心無助，從人世中誕生的她，錯認了歸屬的種族，永永遠遠都為生死短促的人們而傷心，人間漫遊百年，只是學會傷心與眼淚。

窗外的月兒悄悄地隱入雲中，不忍再看，為這一介傻氣的花妖嘆息。

當她無根無蒂的甦醒於宮殿之中，就注定了一生漂泊。

水煙一個人走在陰間的大街上，手上提著一壺酒，他也隨意，就著瓶口喝了個瓶底朝天，一路歪歪斜斜的走著。

他的腦海中不斷想起，剛剛他一人站在陰崎之山的山頭坑上，當初與珥蛇相識的地方，獨自看著坑上鬆軟的塵土，兩人默然無語的畫面。

珥蛇為了要救李宜樊的魂體，乾脆提早了這次沉眠的時間，從收押了雲娘之後，就馬不停蹄的帶著水煙，回到了當初他們第一次見面的山頭。

「反正我的時間也差不多了，這小蛇妖跟我有緣，興許還是我很遙遠的眷族，救她也是順手，你不要捨不得嘛！」

最後即將告別的時候，珥蛇故作天真的說著，褪去了天真無邪的外表，珥蛇還是一介駐地之靈，他早已活得太久，也了解水煙隱在心底的傷心。

他是孩子心性沒錯，因為如果不是這樣，他早已失去甦醒的樂趣。

「不傷心?你呢？一個人要在這，又一次幾百年，不寂寞?」水煙問得尖銳，他越看珥蛇越不順眼，為什麼不乾脆坦率的難過一次，虛假的笑著離去，有比哭哭啼啼的道別來得要好？

為什麼這隻幼兒蛇，連最後都這麼像自己？他怕自己傷心，乾脆裝作若無其事，他不肯面對真實的內心，那與自己又有什麼分別。

「不傷心喔。」珥蛇的表情空白了一下，「每一次甦醒的記憶，我都會消除掉，所以不傷心，待會我就不會傷心了。」

他說得輕巧，轉頭看著坑底，鞋子不斷踢著石尖，一下又一下的讓小碎石滾落坑底。

「你說這什麼話！」水煙愣了一下，心底起了一絲慍怒，所以他與珥蛇這些日子的記憶，待會就會消失無蹤？這隻幼兒蛇就這麼不珍惜那些回憶，迫不及待的想要忘卻自己？

「你也想要嗎？我可以幫你清除關於我的記憶喔。」珥蛇扯開了一個比哭還難看的笑容。

他終於引得水煙動怒，水煙一拂袖，什麼都沒說就轉身踏下坑頭。

「……水煙，別生我的氣，再見了。」

珥蛇手上抱著散去了大半的李宜樊，她的靈體只剩下虛無飄渺的輪廓了，不過這些都不成問題，在他接下來沉眠的幾百年間，將會有大把的時光好好修復她的魂體。

雖然不能保證完整無缺，不過要再煉出一隻蛇妖的妖體，應該是綽綽有餘了。

珥蛇最後看一眼背過身子去，現在抬著頭遠望天空，逞強的不看自己，卻只踏離了坑頭一步的水煙。

他低聲道別，抱著李宜樊，緩緩的往後倒，他往下墜落，穿越了塵土，珥蛇的真身接納了他，他的這抹靈識直達了真身的心臟地帶。

在下沉的過程中，他緩緩閉上了眼睛，終於在眼角落下了點點晶瑩的淚珠，「對不起……我真的捨不得你，哇嗚……」

他對水煙說了謊，他過去的每一次甦醒，的確都會刪除對侍者的記憶，但是這一次……不管再怎麼樣難過，都想留下水煙的影像。

珥蛇逐漸失去意識，李宜樊與他，緩緩抵達了心臟，這一次甦醒帶來的些微痛楚，讓珥蛇的真身一瞬間睜大了眼睛，碧綠如寶石的雙眼，銳利的穿透了石塊，凝視著山頭的水煙，接著又緩緩閉上，陷入漫長的沉睡當中。

我會記得你的，陰官水煙。

水煙又駐足在坑頭，站了好半天，心底知道，珥蛇已經進入沉眠了，他終於回頭，坐在坑上，凝視著底下的塵土好半晌，腦海中流轉這數百年來的記憶。

他嫌棄過他煩，現在他走了，他卻是如此寂寥。

「你這隻外殘內缺的幼兒蛇，你不要怕傷心，我是人魂沒錯，但我沒打算投胎，你下次醒來再來找我，我再當你侍者，到時人間又是不同的面貌，我再帶你仔仔細細的遊歷……」

「你不要怕傷心，我都不怕了，你怕什麼，我們還會相見，你不要怕……」

水煙來來去去，就只有這句。

他不知道珥蛇說要除去記憶的那番話是真是假，也不知道珥蛇能不能聽到自己的聲音，但是說完了這些話，他才感到心安般的踏下坑頭，一步一步往陰間走去。

他用著自己的雙腳，如同第一次來見珥蛇時一樣，慢慢踏上歸途。

等回到大街上，他就跟相熟的酒樓，要了一壺酒，一人在大街上晃悠，東搖西擺的四處走著，伴著月色走著走著，沒想到雙腳就像有了自己的意識一般，踏到了關押雲娘的大牢。

他半醉半醒的望了一眼大牢的木牌子，跟門口的陰差打聲招呼，乾脆的走了進來，走到了雲娘的牢房門前，一屁股坐在地上，也不說話，一口一口的喝著悶酒。

「孩子們都還好嗎？」

黑暗中的雲娘，開口說了第一句話。

「嗯。」水煙灌了一口酒，「李宜樊讓珥蛇帶回去了，他說下次甦醒的時候就能完好如初，孩子們暫時安置在人魂轄區，一有空位就會先後補上輪迴臺。」

「……她們殺了人，罪孽深重。」雲娘手上的指甲，陷入柔嫩的手心中。這是她最擔心的地方，也是她沒有讓之前的陰差帶走她們的原因。

「我知道，水月鏡上都很分明。」水煙咧開嘴，冷淡的一笑，「但是輪迴的刑罰不是二分法，更不是非黑即白這麼簡單，她們一受了凌虐，二受了李宜樊的妖氣操控神智。不會有多重的來生因緣落到她們頭上的。」

「那就好了……是我的錯，是我想淺了。」雲娘雙手無力的垂落，對於自己私藏人魂，感到萬分的後悔。

「嗯。」

水煙沒有說什麼，只是又大口喝著酒，一時間，滿室寂靜，整座大牢也恰好只關押了雲娘，兩人靜靜不語，在黑暗中，只能見得到對方的輪廓，以及隱約的身形。

月色慢慢的晃悠過去，一瞬間，從窗口撒入了成串的月光，映照在雲娘的臉上，折射出淺淺的銀白色，水煙忍不住一捽手上的酒甕，一室嗆人的濃烈酒香，襲入人的鼻中。

「到底是怎麼一回事？」他問得沒頭沒尾，但是雲娘仍然聽懂了。

「你呼喚我，而我尚在種子中的意識回應了你。」她垂下眼眸，擺弄著裙襬上的皺褶，漫不經心。「就這麼簡單而已。」

「該死，我什麼時候呼喚過妳？」水煙激動的衝上前，醉醺醺的抓住欄杆。

「你在死前的那一刻，你的眼淚和著酒，撒入泥中。你說，要我替你記得你的心願，你還把你的名字交給我，這就是契約的必要條件。」雲娘平淡的敘述，彷彿事不關己，已不操心。

他們之間的契約媒介，就是水煙的條件還有他的名字，他付出了他的姓名，要雲娘來找他，而雲娘同意了，回應了，契約就成立了。

「……但是我沒有要妳在人間流浪千年。」水煙頓時蔫了，洩氣的坐回地上，「是我的錯，我年年失約，我從來沒有回去過，我……」

「無所謂，就算不履行也沒有關係，你看，我不是好好的活到現在了？」雲娘輕笑出聲，笑聲卻聽不出任何一絲歡愉，只是淡然的平靜。

聽見雲娘這樣說，水煙的喉頭彷彿梗了魚刺，他自覺對雲娘有責任，但是他早已發誓過，永永遠遠只為自己而活，決心要當個自在快意的人。

「……對不起。」

水煙背靠著欄杆內的雲娘，終於還是愧疚的道歉，「我死了之後，被拘捕來這裡，受了五十年的自盡之刑，之後竟然當上陰差，說實話我想都沒想過，死了還有魂魄……更沒想到隨口埋下的種子，會變成妳……那一夜的記憶，我忘掉了大半。」

「……嗯。」雲娘低低的應聲。

「我說我這些年的事情給妳聽吧？」水煙笑了一聲，「我們是最熟悉的陌生人，我們的命運曾經有過交集，卻又空白了這麼多年，妳別把我拒之門外，我剛送走了一尾幼兒蛇，我想找人說說話，我……其實很寂寞。」

雲娘沒說話，卻忍不住抬起了頭，看著牢房外的水煙，他是那樣的意氣風發，他找到了自己的歸屬，他卻說自己很寂寞，雲娘覺得有些微諷刺，又有些微安慰，或許這麼多年了，他們都一樣，都一樣寂寞。

「我想活得瀟灑快意，我不想再為別人而活，但我一看見妳，我卻忽然發覺，我寂寞了這麼多年，怎樣都不肯再入輪迴，是不是也只是為了這個心願而活，我到底有沒有為自己而活。」

水煙忍不住一笑，「說得顛三倒四的，想必妳都被我弄糊塗了。」

「我想我懂你在說什麼……」雲娘忍不住答腔，往前挪了一點，她就是沒辦法完全背過身去，水煙對她來說，像是一個深藏在心底的想望，她不可能拒絕他，她想了解他，想知道這些年他是怎麼過的。

「我一直照看著人類的孩子，我承接了你的那些痛苦，但我其實不能理解，一直到他們一個一個離開我，我才知道什麼叫做愛人，什麼叫做失去。你只是害怕再度失去，才會寧願寂寞。」

「或許吧。」水煙笑笑，雲娘忍不住走了過來，她想近一點看著他。

水煙伸出手，輕輕拍了拍雲娘的頭，「真的很奇怪，我覺得我們很熟悉。」

雲娘瞅著水煙，專注的看，輕輕嘆一口氣，「終於找到你了。」

「是啊。」水煙的眸光溫柔地像水，他把自己的名字給了雲娘，他們分別了數百年，現在他們終於相聚，他終於想起來自己當初的誓願了，勿忘本心，永遠別忘記自己最真實的想法。

他忽然有了勇氣，或許他可以因為某一個人而哭而笑，他不是替別人活著，他是順從自己的心願，他想追求自己真正想要的東西。

或許是，一份感情。

等到天明，陰差們都沒有看見水煙走出大牢，到了巡察的時間，他們才硬著頭皮走進去一看，這一看連眼珠子都差點掉了，珥蛇的前任侍者，水煙大人，正趴在地上呼呼大睡。

連牢內的大妖雲娘，也靠著欄杆，靜靜的合衣而眠。

兩人之間的聯繫，就是雲娘指尖幻化而出的一點翠綠藤蔓，正秀氣的抖著葉片，伴在水煙身旁，迎著日光微微伸展著。

大街上的人魂，駐足在道路的兩旁，交頭接耳地指著路上的犯人。

被押在陰差之間的雲娘，一個人挺直了背往前走著，後方的陰差羈押著她，準備前往閻王殿，而水煙就站在最後，默不出聲，一路相隨。

水煙因為剛從珥蛇侍者的職位上卸任下來，尚未發派新就職命令的這一陣子，幾乎是天天往大牢裡面跑，他與雲娘有很多的話想說，這些年他們各自分別的歲月裡，發生了很多很多的事情，有時候水煙說，雲娘聽；有時候雲娘說，水煙聽。

但也因為這樣，今天水煙的心情分外沉重。

他知道大妖雲娘並非什麼作惡多端的妖怪，她只是寶愛人類的孩子，不了解輪迴的審判，才會私藏包含李在內的十二人魂，並因一時氣惱，錯手絞殺了那些人類的魂魄。

今日，閻王殿與妖界聯合的決議終於下來了，而這一日，就是提調大妖雲娘至閻王殿聽審的日子。

進到了閻王殿之後，雲娘被喝令跪在堂下，她向前一望，堂上的男子俊朗溫朗，面貌潔白，只是因為太過遙遠的關係，只能看得出一身挺拔，其餘細節再無法看清。

應許他就是閻王吧！

閻王殿左邊列著一排，共計十位判官，身穿陰間的黑色長袍，衣袖鑲著金線，與水煙的純色黑袍有所區別，判官們正低垂著眉，不斷翻看案上的卷宗。

右邊則是一列妖族使者，雲娘逐一看著，多數都正閉著眼睛，不與旁人交談，但其中一位秀麗的婦人，卻對她和善的一笑。

雲娘一怔，一陣幽香飄了過來，是芙蓉的花香，雲娘也跟著點點頭回應，心裡胡思亂想著，同是花妖，不知道對方是否認識自己……

此時，堂上的驚堂木一拍，閻王清清喉嚨，眼看該入席的人都到齊了，終於開口，「堂下花妖雲娘在否？」

左右羈押雲娘的陰差，把兩邊的刀劍迅速分開，在鐵器的錚鳴聲中，雲娘溫婉的聲音，清淡的在堂下響起，「雲娘在。」

閻王滿意的點點頭，他最怕遇到還沒開始審，就先鬼哭神嚎的犯人，他可還有很多卷宗等著他批改，沒時間在這裡浪費呢！

「很好。大妖雲娘，妳可知錯？擅自絞殺人間四名男子魂魄，使得他們魂魄破碎，需要將養數十世才有可能使其復原。」閻王重重一拍驚堂木，大喝出聲。

「……他們無故凌虐凡人的孩子。」雲娘深深吸一口氣，她只是如實敘述，而且可沒說堂上不能讓人辯解吧？

「輪迴大道，沒有無故之事。」閻王嘆息，放下手上的驚堂木，「那是妳看不清、參不透，凡人因緣不是我們外道可以插手的，」

「難道這是她們活該？她們做錯了什麼必須遭此下場？」雲娘問得尖銳，她的確是不平，她不是不信因果報應，而是無法相信那些孩子身上有如此重的罪孽。

「不是做錯了什麼，而是她們該學習什麼。」閻王揉揉眉心，輪迴機制極其複雜，不是今日你我三言兩語可以講得清、說得明，但他還是苦口婆心的勸解。

「……」聽見閻王的話，雲娘沉默了片刻，她低下了頭，「是雲娘的錯，雲娘不該妄自干涉大道運行。」

閻王頓時一嘆，「妳成妖近千年，為何無法明瞭？」

「因雲娘自身寶愛凡人異常……」雲娘的聲音慢慢低了下去。

「人道為三界六道的中心，人魂更是輪迴大道的運轉核心，妳擅自絞殺人魂，不僅超出妳一妖之本分，更惹天怒地，犯了大錯。」閻王的語氣轉嚴厲，該下的決議，還是得下。

「雲娘願受罰。」雲娘秀氣的臉龐，上頭鑲著兩顆黑溜溜的眼珠，她定定的看著堂上，心裡堅決，削瘦背影跪得堅毅、跪得直挺。

「所以大妖雲娘是否認錯？」閻王再問。

「雲娘知錯。」雲娘低下了頭，孩子們能夠完完整整的再入輪迴，而樊樊也讓駐地之靈珥蛇領了回去，好生照顧著，對自己來說，這就是最好的結局了。

「等一下！」列席一旁的水煙越聽心越沉，乾脆橫插一腳的跳到堂下，也跪在雲娘身邊，他張口，說出連自己也吃驚的話，「這件事情仔細追究起來，我也有錯，要罰也得算上我的份。」

閻王頓時失笑，「你也有份？跟你什麼關係？你多久沒去人間了？」

閻王一怒，臉上威儀便生，他一摔驚堂木，滿殿的陰差立刻整齊的大喊威武。

在劍拔弩張的氣氛中，水煙開始了解自己的心，他想保護雲娘，他不想因為別人而活，但是雲娘是他千年來最美好的事物。

他終於突破內心的魔障，他以為把自己保護起來，縮在堅硬的內殼中，不與其他人相交過甚，就能夠保護自己，確保自己為了自己而活。

但他回頭一看，卻頓覺自己錯了，他的人生中只有自己，當然只為了自己而活。到頭來，他還是沒有聽見內心的聲音。

也一直沒有試圖去理解身邊的人們，只是得過且過。

但他跪在這裡，與怒目而視的閻王視線相交，他知道，他這次是為了自己的本心，他勇敢前行，不管結果如何，他要勇敢一次。

「京玉，讓他下去。」閻王瞪大眼睛，氣氛一時凍結，他揮揮手，要判官京玉管好自己轄管下的陰官，閻王對水煙還是有些容忍的，這是賣他一個面子。

「水煙快退下……」京玉看見自己頭頂上司黑了半邊的臉，趕緊開口要水煙快回來，但咬死了決定的水煙還是不肯退，直接打斷了他的話，甚至張口把自己跟雲娘綁在一起。

「大妖雲娘為我所栽，理當受我管轄，是小人管教不當，才會有今天的局面，小人願抵扣自身所有的福報！不然……閻王要罰就罰我吧！」

閻王頭疼的撫額，看著忽然撒潑起來的下屬，實在無奈。

「輪迴之中，功過不能相抵，你殺了一人，之後再去造橋鋪路，就算造福萬民，也是不能後功抵前過。」閻王念在水煙是珥蛇的前侍者，左右思量，還是好聲好氣的開口。

「更別說，這是你的功，她的過。風馬牛不相干。」

閻王一揮手，水煙立刻被綑綁起來，摔到一旁去反省，「你們兩人更是不同，混為一談做什麼？」閻王還不忘連他的嘴都一併堵上！氣得水煙張牙舞爪的在一旁滾動。

「好了！閒暇人等別再來滋事了，實在浪費本王時間啊！還有很多卷宗等著批閱呢……」

他再度重重一拍驚堂木，在滿室的威儀聲中開口，「大妖雲娘靜聽此判詞……」

——待續

番外　五色鳥

日光春暖，閻王端坐案前，大好春日，他的額邊青筋卻抖了抖，他試圖不受影響，手上的毛筆卻怎麼都批改不下去，他嘆一口氣，擱下毛筆，支著下頷，對著從門邊一路「游」進閻王殿的青色小蛇開口。

「你今日不纏著你的侍者，你上我這無趣的閻王殿做什麼？」

時隔千年，這珥蛇彷彿打定主意，此次入世就是要摸透這陰間體系的上上下下，連陰差全體都跟他混了個臉熟，更別說閻王對珥蛇從原本的尊稱到現在的隨意搭話了。

但是珥蛇的身分就是擺在那，就算閻王想發作也發作不起來，他乾脆擱下卷宗，對著這隻打從一進門就沒開口，沉默的在閻王殿四周遊走的小蛇循循善誘。

「我這裡沒什麼好玩的，你看，就是一疊比一疊還高的卷宗，你去找水煙吧，讓他帶你四處轉轉。」

但青色小蛇不理會他，只是自顧自的游了一圈又一圈，彷彿心事重重。

閻王支著下額，看著沉默的珥蛇，他揚了揚眉，難道有戲？

他清清嗓子，換個音調，「珥蛇大人啊，您難得上我這閻王殿，是不是什麼指教啊？想上人世？想挪個窩？想……換個侍者？」

閻王試探的開口，一個問句接著一個問句，問至最後一句，還故弄玄虛的拉長語氣，果然青色小蛇抬起頭來，瞪他一眼，還嘶嘶作聲。

「那是不想換了。」閻王彎起嘴角，「行了。您要讓我猜，猜到明天我們還是坐在這大眼瞪小眼，您就直說吧，不然我找水煙來充當一下翻譯也行。」

青色小蛇弓起身來，怒目瞪著閻王看，意思非常明顯，如果閻王膽敢召喚水煙前來，他就立刻拆了這一座閻王殿！

閻王攤攤手，好吧！今日就陪珥蛇大人玩一次互瞪的遊戲好了！

好半晌，閻王都快打起瞌睡來了，珥蛇終於開口了。

「水煙何時入輪迴？」他本來清脆的嗓音，現在卻有些喑啞，他問得直接，沒有一絲一毫拐彎抹角。

聽此問句，閻王立刻揚眉，「水煙何以要入輪迴？」

他反問珥蛇，「他身任陰職，早已超脫輪迴掌管，何以要再入輪迴？再說，你日夜與他朝夕相伴，難道不明瞭他的心思？」

說到底，擔任陰間官職根本不值幾個錢，也就圖個在輪迴之外喘口氣的清靜空間罷了。

而且水煙的那一點小心思，也騙不了什麼人。

珥蛇焦躁的游動了幾下，又轉了一圈，「那他能不入輪迴嗎？」

閻王頓時失笑，他搖搖頭收起了笑容，「不是能不能，是看他願不願。他的刑期早已還完，他如要入輪迴，只消說一聲便是。」

珥蛇一聽，小小的青色蛇身褪得毫無血色，他轉了一圈，一名面白唇紅的少年坐在地板上，雙腳蹦踏著，「我不管，你怎能這樣，他是我的侍者，我不准他入輪迴！」

珥蛇開始耍起無賴，他踢著雙腿，華美的衣裳就在石板地上蹭上了一層灰，不過這也是因為閻王事務繁忙，根本懶得喚人來打掃。

「你不能阻止他嗎？你可是閻王啊！你統管陰間大小事務，俗話不是說，閻王要人三更死，誰敢留人到五更？」

珥蛇睜著無辜的雙眼，試圖說服閻王。

「……你想太多了，陰差勾魂也沒這麼準時好不好！」閻王沒好氣地翻了翻白眼，他看戲看得足夠了，還得繼續應付這些卷宗跟天界額外派下來的公文，他揮揮手，示意趕人。

「總之，你想要的我做不到，你對我討，無異是緣木求魚。」

閻王的話說得很狠，但珥蛇又何嘗不知道這個道理，他是天真，卻不是蠢笨。

但他怎能干涉水煙的自由意志，他讓水煙成為侍者，已經萬分不好意思，又怎麼能預定水煙的未來。

他雖為駐地之靈，注定沉睡於大地之間，唯有此法，才能避免影響三界六道，但他就是耐不住寂寞，總是出來蹦躂，他總不能次次出世，都要召來水煙吧？

但他知道自己不能，卻無法阻止自己不想，也因此他才彎彎繞繞的游來閻王殿，試圖讓閻王留人，讓水煙永永遠遠的在這陰間，當他的無憂無慮小陰官。

「不行，我也只能跟你討了……」珥蛇不因閻王的拒絕而氣餒，他頹著肩，可憐兮兮的看著閻王，原本燦亮的雙眼黯淡下來，泫然欲泣。

閻王抹了一把臉，「……沒用，這樣看著我也沒用！」

珥蛇皺皺鼻子，下半身轉化為蛇尾，人身蛇尾的站立在閻王殿的中間，雙眼燃起紅色的光芒，這是珥蛇運轉全身靈力的前兆，沉聲說著，「那這樣呢？」

如果拆了這座閻王殿，能完成自己的願望，那珥蛇不會有第二句話。

閻王攤攤手，「一樣沒用。你拆我蓋，你再拆我再蓋，就像大道輪迴生生不息，說實話，你、我、水煙，都是身在其中也身不由衷。」

閻王的話說得很玄，但他知道珥蛇能懂。

「我不求別的，只想留他在我身邊……」珥蛇低下頭，閻王殿的石板地上染上點點水光。

「唉！」閻王無奈，他日夜跟這些卷宗相伴，卷宗可不會開口說話，現在要他安慰一條傷心的小蛇，對他來說簡直比登天還難，登天都簡單多了！

他乾脆一躍而起，放下威嚴的身段，踢翻了自己厚重又華麗的木椅，往珥蛇攻去，伸手邀招，「別想了，他或許不會走，你想這麼多也沒用。」

珥蛇靈動的閃躲著，他也不知道自己在擔哪門子的心，但是只要一想到自己下次甦醒時，看不見水煙的身影，他就覺得自己無法安穩的沉睡下去。

他伸手擋招，與閻王一進一退，攻守有據，兩人各懷心思，也沒認真，「你行，你連幫我留他一句都不願意，我就拆了你的閻王殿。」

閻王笑嘻嘻的跟珥蛇過招，「只一句可以。」他欺身向前，「我會告訴他，還有一條小青蛇癡癡等著他。」

珥蛇哀怨的看他一眼，反讓閻王起了一身雞皮疙瘩，珥蛇低嘆，「你別說得這麼曖昧，我對他沒存那種心思。」

「哦？」閻王饒有興味的再出招，「那是哪種心思。」

「我只希望他好，希望他開心，希望我下次醒來，能像現在這樣，全心全意的瞅著他，他跟誰在一起都好，別忘了我就好。」珥蛇低低說著，「你別拐我，我對他不是情、不是愛，我不想獨佔他。」

閻王壞心一笑，「那他成了別人的侍者行不行？」

「當然不行！」珥蛇回得又快又急。

「那還說不獨佔？」

「這、這不一樣！」珥蛇乾脆大怒，什麼也不想解釋。

珥蛇七分真三分假的發怒，一揚手，閻王殿的天花板立刻震動，滿室生煙，落了一地的泥塵，閻王哎呀一聲，這玩笑開大了，他的卷宗全汙了。

他一急，想回身去救，卻讓珥蛇的蛇尾纏住，跌了個狗吃屎，他跌坐在地，不怒反笑，他身為閻王，卻只能幾百年枯坐在這裡，全身筋骨鬆了不說，連個可以舒緩身心的玩鬧都沒有。

這珥蛇只裂了一分神識出世，還自個兒送上門來，閻王也不再客氣，起身就是一掌，震得珥蛇黏在梁柱上一臉不可置信。

「幹什麼？你能拆了我的閻王殿，我不能抽了你的脊椎骨？」

珥蛇心下惱火，明明是閻王先出口相激，但這下兩人都管不著起頭是什麼，閒話休說，兩人各自出招，實打實的打了起來。

珥蛇步走靈動，他人身蛇尾，速度比起閻王不知道快了凡幾，但他氣走輕巧，就像一把薄劍，一刀只能砍出一個口子。

閻王則是氣如山河，他本為天人，靈力雄厚，修煉紮實，他還有這數千年的閻王之職來打磨，一舉手一抬足都是強大威壓，震得珥蛇不敢隨意近身，但一時之間他卻也拿這隻滑溜的小青蛇沒有辦法。

兩人越打越認真，都忘了一開始為何而相邀出招，閻王動了真格，珥蛇也把氣撒在閻王身上，兩人雖沒用上全力，卻也打得整座閻王殿轟隆隆的響。

這震天的聲響，驚動了陰間的判官們，但他們只消探頭一看，就被掌風掃了回去，嚇得差點連頭都要夾在門縫裡了，結果沒人敢勸，大家坐困愁城，好半天終於有人出了主意。

「不然我們就等他們打完吧？打完了，消停了，我們再叫鬼醫來瞧瞧！」

幾個判官互看一眼，這主意雖然爛，卻是他們唯一能做的——以不變應萬變，他們互相點了下頭，打算就這麼辦。

這時水煙卻傻乎乎地走過來，他皺著眉頭一路喊，「小笨蛇、小呆蛇、你跑哪裡去啦？你不是吵著今天要去忘川看看？還想撈一把人家的記憶上來瞧瞧？」

他邊走邊喊，似乎對於閻王殿的動盪渾然不覺，判官們怎能錯過這個機會？他們一把拉住水煙，「你找你們家珥蛇大人是吧？」

水煙老實點點頭，這些判官的層級都比他高了不只一階，他雖然現在是珥蛇侍者，但將來也是要回歸陰間，總不能得罪了這些老長官。

「各位大人，你們有瞧見那條笨蛇嗎？他約莫這麼高，長得極好，那張臉像是剛蒸好的包子一樣白嫩嫩，那雙眼像是夜空裡的星星，在一片漆黑中獨自閃爍……」

判官們趕緊揮手打斷談興正好的水煙，這要讓他說完了，恐怕閻王跟珥蛇要有一方掛彩了！

「行了行了！我們都知道珥蛇大人長什麼模樣，他這會兒就在這呢！」判官們指指閻王殿裡頭。

「此話當真？」水煙側耳一聽，彷彿現在才發現裡頭正轟隆作響。「裡頭怎麼這麼吵？」

「絕無虛假。」判官們開了一個小縫，「這你別管！」

他們立刻將水煙塞了進去，等他屁股剛擦過門邊，又趕緊闔上了門！

他們果不其然的聽見了一聲慘絕人寰的慘叫聲，水煙慘呼一聲，再無任何聲息傳出，這些判官們各自縮了縮脖子，面面相覷，裡頭到底發生了什麼事情？

他們你推我拉的，就是沒人膽敢打開大門瞧上一眼。

「說你幼兒蛇還真不為過，你有無聊到這種程度嗎？上閻王殿找閻王打上一架？」水煙雙手摀著自己各一邊的臉頰，氣呼呼地走在忘川河邊。

身旁的珥蛇像是小媳婦一樣緊緊跟著他，一臉淚汪汪的，「我又不是故意的，誰知道你會突然跑進來？再說你臉上的傷閻王也有份啊！」

「還有話講？」

水煙瞪他一眼，兩頰上的傷高高腫起，他各接了閻王與珥蛇一掌，好在兩人看見他都有收力，沒真十成力道砸上去，不然這會兒他恐怕魂飛魄散了！

「沒了沒了……」珥蛇趕緊搖頭。

兩人並肩走在忘川河邊，兩旁的彼岸花忘我的燦開，遠望過去一片燦紅在風中搖曳，彼岸花是陰間唯一植栽，一年不分四季，皆能在陰間怒放。

而底下的忘川河水看著平靜，不生水紋，河水裡頭卻是波濤洶湧，近看一點，就能瞧見那一張張的人臉在其中浮浮沉沉。

這些浮浮沉沉的人臉都是人魂的記憶，他們經由輪迴臺走向重生，被剝下來的前世記憶就流到忘川河裡來，逐漸消散在河水中。

「你到底跑去閻王殿做什麼？」

水煙還是按捺不住的問了，這條小笨蛇一天到晚就跟著自己，今天卻藉故找事情把自己支開，還跑到閻王殿去跟閻王大打出手，用腳趾頭想都知道有問題！

「……也沒做什麼。」珥蛇東張西望的，企圖敷衍了事。

「說！」水煙大喝一聲。

「我、我去問閻王你能不能別入輪迴……」珥蛇害怕水煙發怒，說得極小聲，卻讓水煙誤會了一把。

水煙的臉孔一陣蒼白，「什麼？我還得回輪迴？」他蹦跳了老高，只差沒立刻衝上閻王殿去了。

珥蛇急忙拽住他，「沒有，你沒要回去。我只是害怕，害怕你自個兒重回輪迴，害怕我下次醒來，就看不見你了……」

珥蛇這次說得又快又急，水煙卻聽得一清二楚，他放鬆下來，瞪了珥蛇一眼，白嚇了他一身汗，「你又不是不了解我，我頭殼撞到才會跑去輪迴，重新變成一個只會拉屎拉尿的奶娃兒，這樣有比較好嗎？」

珥蛇傻傻地笑了，「水煙變成奶娃兒一定很可愛……」

「你這笨蛇！」水煙氣得敲了珥蛇的頭一下，普天之下，大概也只有水煙敢對駐地之靈動手動腳。「反正我不會沒事找事做，你別瞎擔心，我現在很好，你說我有什麼理由給自己添麻煩？」

珥蛇吶吶的分辯，「可是你的靈魂資質很差，如果不回輪迴裡好好圓滿的話，缺點很多，自卑又自負，還喜歡欺負弱小，虛張聲勢……」

他的話被水煙急急打斷，「停停停！這種事情不用你如數家珍，我自家事自家知，我就喜歡我自己這個樣子，不用圓滿，不用不用！」

「那你保證你不走？」珥蛇可憐兮兮的瞅著他看。

「我保證。」水煙沒好氣的翻翻白眼。

其實他很寵著珥蛇，他們之間雖然是他嗓門大、又老是不耐煩，還會說話揶揄單蠢的小珥蛇，但是他其實什麼都順著珥蛇，珥蛇一天到晚不按常理出招，他也習慣見招拆招了。但得了他保證的珥蛇卻仍然瞅著他看，垮下了肩膀，「不行，誰知道你的保證有沒有用？」

水煙這下真被氣得不輕，他磨著牙齒，從牙縫裡硬擠出聲音，「不然你想要我怎麼樣？」

珥蛇偏著頭想了一會兒，他張口，一聲輕亮的啼叫傳出，一隻五色小鳥振翅從他口中飛出，這隻鳥兒身上流轉著五色光芒，像是一道炫目的焰光，牠振翅一飛，又立刻鑽入水煙胸前。

水煙大驚，倒退一步，五色鳥卻已經隱去身形，再也看不見那道斑爛的光芒。「小笨蛇你做什麼?你放了什麼東西在我身上！」

珥蛇吐了吐舌頭，「這是我某次入世時收服的五色鳥靈，牠靈力低微，對你沒有什麼影響，只是我養在身體裡很久了，難免與牠有些感應。現在送給你，這樣以後你不管到了哪兒，我都能知道了！」

「……我才不要這種東西！」水煙愣了一下，不斷的摸著胸口，雖然他毫無所感，卻總覺得心裡頭怪怪的。

「你別這樣嘛！」珥蛇著急了，趕緊拉住水煙的手，「牠不是什麼好東西，但也是一項不錯的防身法寶，你跟牠和平相處，牠還能保護你。」

「不要。」水煙斷然拒絕，「你在我身裡放了隻鳥兒，這感覺說多怪就有多怪。更何況這是有主之物，你還是拿回去吧！」

珥蛇不知道怎麼辦，一眨眼又是一臉泫然欲泣，「那我跟牠說，讓牠只聽你的話，我不用牠來找你了，只要你好好的不受人欺負就好了……」

珥蛇的話都說到這份上了，水煙嘆一口氣，實在沒辦法。「怎麼喚牠出來？你要我用牠防身，我也要知道使用方法啊！」

珥蛇一聽水煙軟化了，立刻喜上眉梢，「很簡單的！你就親親熱熱的喚牠一聲小珥蛇就行了！」

「……不要！那多丟人？」水煙拂袖向前，不顧後面半追半跑的珥蛇。

「你就念在心裡就好啦！牠會聽見的，牠很聰明，雖然沒用了點，但總歸是五色鳥的始祖鳥靈！」

……人家的始祖鳥靈你也能抓來養在身體裡？

水煙傻眼了，「牠身分高貴，你做什麼不放人家走？」

「哪裡高貴？」珥蛇不明所以的反問，又讓水煙瞪了一眼，他現在學乖了，水煙這表情就是發怒的前兆，他乾脆跳過此題直接進入下一題，「牠求我的啊！你都不知道跟我在一起有多大好處，不然你也來吧！」

珥蛇作勢張開雙手，懷抱水煙。

「……那你這樣隨手轉送給我？」水煙選擇無視。

「我又沒說要養牠萬年。」珥蛇理直氣壯。

「……」水煙頹喪的坐在忘川河邊，不想再跟缺神經的珥蛇較真了，這樣如果可以讓珥蛇安心一點也無所謂。

「隨便你。」他面對忘川上平靜的河水，聳聳肩。

珥蛇也跟著坐了下來，自然而然地靠向水煙，把全身重量交給他。「那我們說好囉，你不入輪迴，我下次再來找你。」

珥蛇笑嘻嘻的說著，聲音卻有些微沙啞。

水煙習慣肩膀上的重量了，他不想去想，如果哪一天，這個位置空蕩蕩的，再沒有人這樣全心全意的靠向自己，自己又該有什麼感覺呢？

他伸出手，拍了拍肩膀上的小腦袋，揉亂了對方的頭髮，「傻瓜。」

兩人在陰間那略為灰暗的微風吹拂下，並肩坐在彼岸花的花叢邊，透過這一片燦紅，看向平靜的河水，看著那一張張的人臉起起伏伏，人臉浮上來，清清吸一口氣，又往下沉去，有些記憶濃烈且鮮豔，人臉就活靈活現的漂浮著。

有些記憶輕淺且灰暗，一沉下去就再也不見天日。

這忘川水流動不歇，帶走了無數的記憶……

——番外　五色鳥　完

輕世代
FW039
人死 鬼使取之
妖死 青燈一盞足矣
混有妖怪血緣的半妖的左安慈，
打從小時候遇見了前來引渡爺爺的青燈時，
就一心想再見到那抹帶著亡妖之魂離去的青影。
偶然的機緣下，他終於和提著那盞燈的青影再度相遇，
安慈忍不住伸手碰觸了燈裡搖曳的青火……
左安慈只想再見青燈一面，並不想當半盞「燈」呀……
青燈
壹
日京川 著
kiDChan 繪

輕世代
FW031

備位冥使

I 六花浮動

只是一時好奇觸摸了那把鐮刀，所有異變於焉浮現。
「歡迎加入冥使事務所柳分部，你的生前、死後都是這裡的，沒得選擇。」
……靠，這種莫名其妙的強制契約是哪招！
只是面對成天帶著狐狸笑臉的柳部長、動不動拿槍抵他腦袋的同事，
小命被捏在人家手裡的皇甫洛雲沒法擺爛不幹，
雖然不知他為何會被挑選成事務所的一分子，
但他會成為冥使，或許絕非巧合而已……

DARK櫻薫 著
LASI 繪

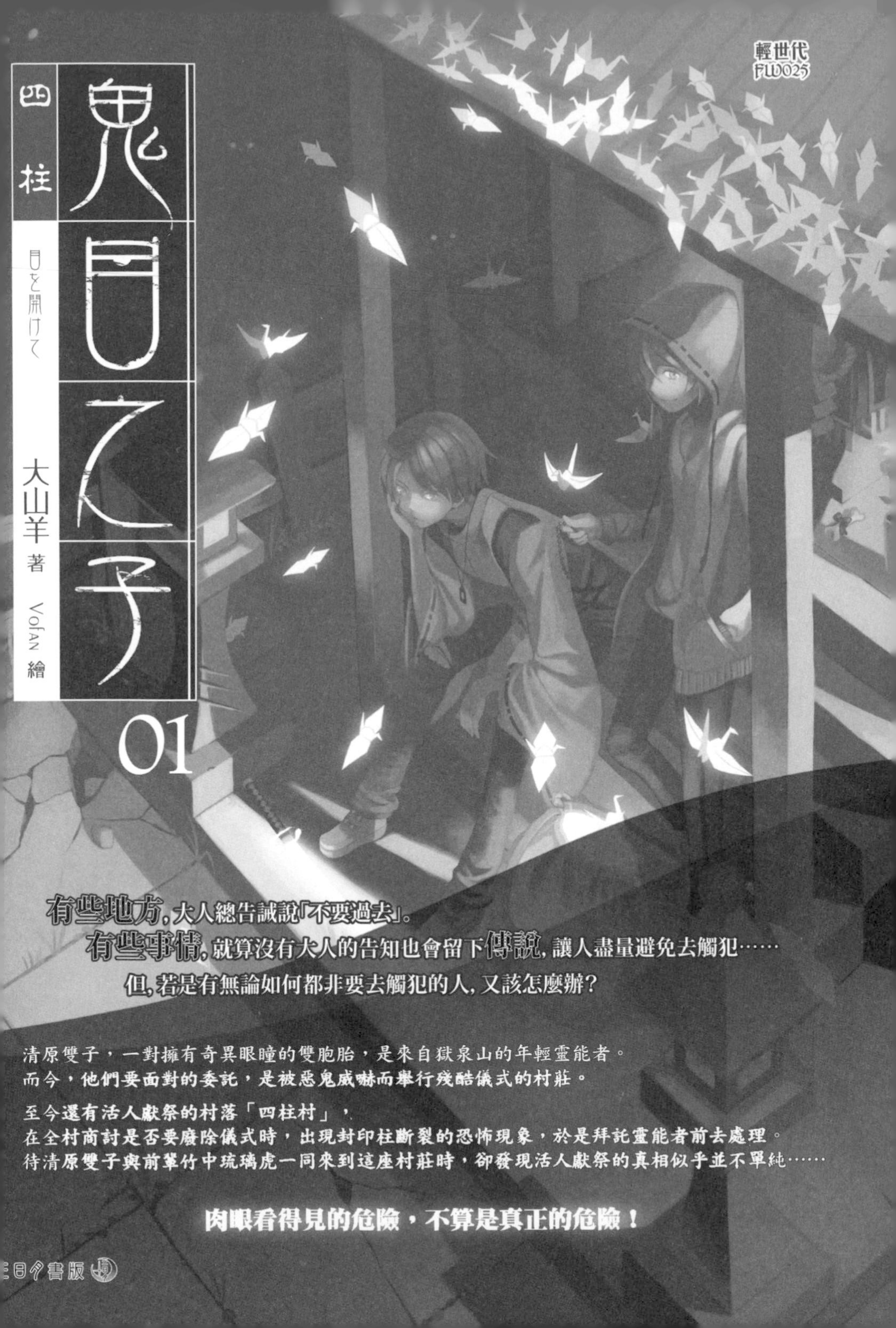
輕世代
FW025
四柱
鬼目之子
目を開けて
大山羊 著
Vofan 繪
01
有些地方，大人總告誡說「不要過去」。
有些事情，就算沒有大人的告知也會留下傳說，讓人盡量避免去觸犯……
但，若是有無論如何都非要去觸犯的人，又該怎麼辦？
清原雙子，一對擁有奇異眼瞳的雙胞胎，是來自獄泉山的年輕靈能者。
而今，他們要面對的委託，是被惡鬼威嚇而舉行殘酷儀式的村莊。
至今還有活人獻祭的村落「四柱村」，
在全村商討是否要廢除儀式時，出現封印柱斷裂的恐怖現象，於是拜託靈能者前去處理。
待清原雙子與前輩竹中琉璃虎一同來到這座村莊時，卻發現活人獻祭的真相似乎並不單純……
肉眼看得見的危險，不算是真正的危險！
三日月書版

輕世代
FW057
人死之後留魂，當一抹亡魂對人世間仍存著極深的羈絆，
忘記輪迴的亡魂將變成惡靈，消滅並引渡這些墮落的惡靈，
就是引渡人的工作——
當輕浮的前執牌引渡人白優聿，
遇上了脾氣高傲的見習生望月，
這不合拍的雙人組被強制組成了新的搭檔！
此時，引渡人總部卻遭受不明的攻擊，衆人想起當年的預言：
——持有雙十字聖痕的人終將以背叛光明者的身分甦醒……
在不斷來襲的敵人之前，
關係惡劣的兩人，是否能互信互助，
聯手禦敵為引渡人得來最終的勝利?!
最惡拍檔
全五冊
秋十 著
流翼 繪
三日月書版

高寶書版集團
gobooks.com.tw

輕世代 FW064

歲時卷之繁花綻放時 上

作　　者　逢時
繪　　者　Sawana
編　　輯　許佳文
出　　版　英屬維京群島商高寶國際有限公司臺灣分公司
　　　　　Global Group Holdings, Ltd.
地　　址　臺北市內湖區洲子街88號3樓
網　　址　gobooks.com.tw
電　　話　(02) 27992788
電　　郵　readers@gobooks.com.tw（讀者服務部）
　　　　　pr@gobooks.com.tw（公關諮詢部）
傳　　真　出版部　(02) 27990909　行銷部 (02) 27993088
郵政劃撥　19394552
戶　　名　英屬維京群島商高寶國際有限公司臺灣分公司
發　　行　希代多媒體書版股份有限公司/Printed in Taiwan
初版日期　2014年1月

國家圖書館出版品預行編目(CIP)資料

歲時卷之繁花綻放時 上 / 逢時著. -- 初版.
-- 臺北市 : 高寶國際, 2014.01-
冊;　公分. --

ISBN 978-986-185-938-5(平裝)

857.7　　　　102022217

三日月

三日月

GOBOOKS
& SITAK
GROUP©